The Poetry
for the
Wives

在风吹到的
所有
方向里

献给
妻子的

诗

高兴 选编
[英]罗伯特·彭斯 等著
傅浩 等译

人民文学出版社

图书在版编目(CIP)数据

在风吹到的所有方向里：献给妻子的诗／高兴选编；（英）罗伯特·彭斯等著；傅浩等译.—北京：人民文学出版社，2019
（献给女性的诗）
ISBN 978-7-02-014030-5

Ⅰ.①在… Ⅱ.①高… ②罗… ③傅…Ⅲ.①诗集—世界 Ⅳ.① I12

中国版本图书馆 CIP 数据核字(2018) 第 061695 号

出版统筹	仝保民
责任编辑	陈　黎
特约策划	李江华
特约编辑	李宝新
书籍设计	李思安

出版发行	人民文学出版社
社　　址	北京市朝内大街 166 号
邮政编码	100705
网　　址	http://www.rw-cn.com
印　　刷	三河市祥宏印务有限公司
经　　销	全国新华书店等
字　　数	176 千字
开　　本	787×1092 毫米　1/32
印　　张	5.5
印　　数	1—6000
版　　次	2019 年 12 月北京第 1 版
印　　次	2019 年 12 月北京第 1 次印刷
书　　号	978-7-02-014030-5
定　　价	48.00 元

如有印装质量问题，请与本社图书销售中心调换。电话：010-65233595

编者的话

需要特别说明的是,"献给女性的诗"是人民文学出版社编辑前辈的创意。那还是1989年,一套"献给女性的诗"由外国文学出版社(系人民文学出版社副牌,以出版外国文学作品为主)精心选择于三八妇女节前推出。这套"献给女性的诗"共三册,分别为:《献给妈妈》《献给女友》和《献给妻子》。绿原先生、屠岸先生和高莽先生分别为三册书作序。永恒的主题,真挚的诗篇,感人的序言,加上小巧、清新、温馨的装帧设计,使得这套诗集吸引了众多文学爱好者的目光,成为无数读者镌刻于心头的阅读记忆。

时间流逝,一晃二十八年过去了。再度翻阅这套诗集,依然有不少感动,但因了时间距离,自然也生出一些不满。感觉这套诗集还是有点单薄,且不平衡,读起来不过瘾。有意思的是,《献给女友》的篇幅最大,达两百页,而《献给妈妈》和《献给妻子》的篇幅几乎要少一半。选目上,苏联诗歌过多,世界性和当代性体现得不够。最最关键的是,一些诗作在今日看来，艺术性和思想性明显欠缺。在此情形下，调整、丰富和拓展这套诗集，已是一件有必要也有意义的事情。资深出版人仝保民先生敏锐地意识到了这一点，于是，委托我重新编选"献给女性的诗"。

我深知这是项美好却又艰巨的任务，几番想推辞，但终于心不忍。无论是出于对女性的热爱，还是出于对仝先生以及其他编辑前辈的敬重，都要尽心尽力地做好这件事情。

艺术性、经典性、丰富性、世界性、适当的当代性，是我重新编选这套诗集的主要标准。此外，译诗，译诗，翻译至关重要。对翻译文本的讲究，也是我尤为重视的。在这里，要感谢我欣赏和敬佩的所有诗歌翻译家的支持！是他们出色的译品支撑起了我们的选本。总之，我所付出的一切心血都是为了能让这套"献给女性的诗"更加精致，更加丰富，更加开阔，更加动人。

心愿和实际，总是有距离的。水平有限，有不足和谬误之处也就难免，恳请读者朋友及各路方家多多斧正！我想，这套诗集应该呈开放状态，期盼今后能有编者不断地调整和拓展。我还想，既然已编出"献给女性的诗"，那么，是否也该在适当时候编选出"献给男性的诗"？毕竟女性和男性一道成就了我们的人类世界，成就了种种的诗意和美好！

高　兴

2017 年 4 月 21 日于北京劲松

目录

我心中的蜀葵花
[韩国] 都钟焕 / 薛舟 译 —— 1

我妻子这个女人
[韩国] 文泰俊 / 薛舟 译 —— 5

致亡妻
[日本] 高村光太郎 / 刘晓芳 译 —— 8

致妻子
[蒙古国] 拉哈巴苏荣 / 哈森 译 —— 10

回旋曲
[蒙古国] 拉哈巴苏荣 / 哈森 译 —— 12

代替一首情诗
[以色列] 耶胡达·阿米亥 / 傅浩 译 —— 14

就像那样
[以色列] 耶胡达·阿米亥 / 傅浩 译 —— 15

我的愿望终于实现
[俄罗斯] 卡拉姆津 / 谷羽 译 —— 17

回忆(哀歌)
[俄罗斯] 雷列耶夫 / 汪剑钊 译 —— 20

她静坐在地板上
[俄罗斯] 丘特切夫 / 汪剑钊 译 —— 22

《丽人吟》序诗
[俄罗斯] 勃洛克 / 汪剑钊 译 —— 24

我抓住颤抖的冰凉双手
[俄罗斯] 勃洛克 / 汪剑钊 译 —— 26

我与你相会在日落时分
[俄罗斯] 勃洛克 / 汪剑钊 译 —— 27

等着我吧……
[俄罗斯]西蒙诺夫／苏杭 译____29

这种生活对我俩是多么可怕
[俄罗斯]奥西普·曼德尔施塔姆／王家新 译____32

你瘦弱的双肩……
[俄罗斯]奥西普·曼德尔施塔姆／王家新 译____33

你还活着
[俄罗斯]奥西普·曼德尔施塔姆／王家新 译____34

我俩在同一条轨道上转圈儿
[俄罗斯]加姆扎托夫／王守仁 译____36

在我这光怪陆离的城市……
[俄罗斯]戈尔鲍夫斯基／谷羽 译____38

给玛丽亚·弗拉狄
[俄罗斯]维索茨基／谷羽 译____40

还有你，海伦
[英]爱德华·托马斯／周伟驰 译____43

幸福的分配
[美]罗伯特·哈斯／远洋 译____45

黏合剂：给侬尔琳
[美]罗伯特·哈斯／远洋 译____46

春　天
[美]罗伯特·哈斯／远洋 译____48

不惑之年
[美]罗伯特·哈斯／远洋 译____50

野上美智子
[美]杰克·吉尔伯特／柳向阳 译____51

美智子死了
　[美]杰克·吉尔伯特／柳向阳 译____52

蜜　月
　[捷克]雅罗斯拉夫·塞弗尔特／远洋 译____54

间奏曲
　[捷克]雅罗斯拉夫·塞弗尔特／远洋 译____56

致尼娜·玛卡什维利
　[格鲁吉亚]吉茨安·尤斯金诺维奇·塔比泽／骆家 译____58

彭特艾甫克辛
　[格鲁吉亚]吉茨安·尤斯金诺维奇·塔比泽／骆家 译____59

致海伦
　[美]查尔斯·西米克／周伟驰 译____62

告别我的妻子雅尼娜
　[波兰]切斯瓦夫·米沃什／李以亮 译____64

给　你
　[波兰]亚当·扎加耶夫斯基／李以亮 译____67

给　M
　[波兰]亚当·扎加耶夫斯基／李以亮 译____68

秋风在丛树间飒飒地响着
　[匈牙利]裴多菲／孙用 译____71

就这样
　[匈牙利]泽尔克·佐尔坦／高兴 译____74

我妻子的优点
　[德]汉斯·马格努斯·恩岑斯贝格尔／贺骥 译____76

夏季之诗（之一）
　[德]汉斯·马格努斯·恩岑斯贝格尔／贺骥 译____78

枕边诗
　　[德]汉斯·马格努斯·恩岑斯贝格/贺骥 译＿＿81

赠别：不许伤悲
　　[英]约翰·但恩/傅浩 译＿＿83

梦亡妻
　　[英]约翰·弥尔顿/傅浩 译＿＿87

致——
　　[英]华兹华斯/黄杲炘 译＿＿90

前　瞻
　　[英]布朗宁/屠岸 译＿＿92

处女新婚
　　[英]狄兰·托马斯/海岸 译＿＿94

结婚周年纪念日
　　[英]狄兰·托马斯/海岸 译＿＿96

给我妻子的献辞
　　[英]艾略特/裘小龙 译＿＿98

在风吹到的所有方向里
　　[苏格兰]罗伯特·彭斯/傅浩 译＿＿100

诗
　　[爱尔兰]谢默斯·希内/傅浩 译＿＿102

水　獭
　　[爱尔兰]谢默斯·希内/傅浩 译＿＿104

臭　鼬
　　[爱尔兰]谢默斯·希内/傅浩 译＿＿106

你们来看：孩子们坐成了一个圆圈
　　[法]雨果/程曾厚 译＿＿108

二十年后

    [法]阿拉贡／罗大冈 译＿＿＿ 111

艾尔莎的眼睛

    [法]阿拉贡／徐知免 译＿＿＿ 115

最后的诗

    [法]德斯德斯／罗洛 译＿＿＿ 118

致我熟睡的妻子

    [法]克罗／树才 译＿＿＿ 119

致梅特卡

    [斯洛文尼亚]托马斯·萨拉蒙／高兴 译＿＿＿ 122

今天，我们告别

    [罗马尼亚]斯特凡·奥古斯丁·杜伊纳西／高兴 译＿＿＿ 124

采梅子

    [加拿大]欧文·莱顿／倪志娟 译＿＿＿ 126

你和我看见鹰交换猎物

    [美]詹姆斯·赖特／倪志娟 译＿＿＿ 128

嘶嘶声，残忍地继续

    [美]大卫·圣·约翰／倪志娟 译＿＿＿ 131

灰色的画像

    [美]威廉·卡洛斯·威廉斯／傅浩 译＿＿＿ 133

野胡萝卜花

    [美]威廉·卡洛斯·威廉斯／傅浩 译＿＿＿ 135

特此说明

    [美]威廉·卡洛斯·威廉斯／傅浩 译＿＿＿ 137

恭　维

    [美]威廉·卡洛斯·威廉斯／傅浩 译＿＿＿ 138

致弗洛茜
　　[美] 威廉·卡洛斯·威廉斯／傅浩 译＿＿ 139

婚　了
　　[美] 杰克·吉尔伯特／欧阳昱 译＿＿ 141

婚前诗
　　[美] 斯坦利·摩斯／傅浩 译＿＿ 143

鳄鱼新娘
　　[美] 唐·霍尔／贺金凌 译＿＿ 145

金　子
　　[美] 唐·霍尔／贺金凌 译＿＿ 148

眼　睛
　　[墨西哥] 豪·费·格拉纳多斯／赵振江 译＿＿ 150

你是我唯一的连海洋也不换的河流
　　[委内瑞拉] 何·曼·布·格雷罗／赵振江 译＿＿ 152

玛蒂尔德，一株植物……
　　[智利] 巴勃罗·聂鲁达／黄灿然 译＿＿ 155

如果你的眼睛不是月亮的颜色
　　[智利] 巴勃罗·聂鲁达／黄灿然 译＿＿ 157

我思念你的嘴巴……
　　[智利] 巴勃罗·聂鲁达／黄灿然 译＿＿ 159

月　亮
　　[阿根廷] 博尔赫斯／朱永良 译＿＿ 161

今晚和马拉的对话
　　[阿根廷] 胡安·赫尔曼／赵振江 译＿＿ 163

外国女子

[阿根廷] 胡安·赫尔曼／赵振江 译 —— 164

铁　丝

[阿根廷] 胡安·赫尔曼／赵振江 译 —— 165

我心中的蜀葵花

[韩国]都钟焕 / 薛舟 译

雨点落在玉米叶上。

今天又挺过来了。

我们剩下的时光

很短很短

最多到寒风吹落叶飞扬。

生命从你的身体里沙沙流走

像早晨的枕边堆满无声脱落的头发。

种子长成果实

还要等待很多天

等待你和我翻耕的荒地

依旧无人打理。

我失魂落魄,独坐在覆盖田埂

的飞蓬和杂草边,久久不能起身

关于是否用一次猛药,踌躇难决。

我们并肩耕耘卑微生活的角落

你连一只虫子都不忍心伤害

更不想恶狠狠地对待生活。

可是你我不得不接受的

剩下的日子

每一天都是乌云密布。

最初想起蜀葵花似的你

仿佛拥抱坍塌的墙垣

不可抑制的高烧让我战栗。

"你还要活下去,不要愧疚

像我们曾有过的最好的日子。"

我知道我必须接受这最后的话语。

从前不愿舍弃的

微不足道的清高和荣辱

如今要毫无保留地舍弃

我心里的一切也要交给

更疼痛更悲伤的人

我为这样的时光越来越短而伤心。

剩下的日子固然短暂

我们还要站在腐烂的伤口中间

竭尽全力去反抗

把每一天都当作生命中的最后一天。

我们周围总有很多

怀着更大的痛苦死去的人们

应该想到带着肉体的绝望和疾病而死

多么令人心痛。

看着你褪色发黄如蜡纸的脸

这些话的确难以启齿

如果你的肉体还有完好的部分

还不如慷慨地

赠予需要它们的人。

我也想在临走之前

欣然卸下这肉身的某个部分。

雨打玉米叶的声音更响了。

现在我又要在黑暗中送走长夜

直到黑暗消失迎来崭新的黎明

我都会紧握你的手,永远守在你身边。

都钟焕 (1954—)

诗人、国会议员,1985年妻子因胃癌去世,留下两个孩子,诗人思念亡妻而写的诗集《我心中的蜀葵花》于1986年出版,引起强烈反响,累计销售达百万部。

我妻子这个女人

[韩国] 文泰俊 / 薛舟 译

几天前,正在洗碗的妻子转身

望着坐在沙发上的我,低声问道

"为什么最近不给我写信了?"

转眼间妻子已迈进四十岁的门槛。

写信?

我搔着后脑勺,悄悄起身

逃跑似的走进书房。

转眼间妻子已经是两个孩子的妈妈。

孩子们缠着正在洗碗的妈妈

好像在不停地追问。

我的确是很久没给妻子写信了。

我不善言辞,偶尔给妻子写信,倾吐心事

这是很重要的事。

这件事也变得生疏了。

像摆放得稀稀落落的垫脚石。

坐在书房里,我仔细回想

我是不是过于呆板，像围墙。

心知肚明的话非要说出来吗，

这是我最近常常思考的问题。

从恋爱时妻子就很朴素。

直到现在，妻子仍然幸福地记得

新婚之初我在下班路上买回西瓜的样子。

夫妻之间距离很近。

言语交流的范围最窄。

即使像叶片或毛毛雨般的耳语

也会在两人之间生长、堆积。

夫妻都知道衡量对方的忧虑，像天平。

他们处在最本能的距离

因而最需要节制。

眼眸的色彩，耳朵的声音，鼻子的香气，

舌头的味道，身体的触觉，思维的分别，

即使想要隐秘地掩盖，也做不到。

哪怕微不足道的小事

也会在两人之间荡起层层涟漪。

这是"没什么"的说法行不通的关系。

某位诗人将夫妻比喻为

"两个面对面搬动摆满食物的长桌子的人"。

好像也不是事无巨细,

什么都要告诉对方。

也许这就像

专注于向上攀登的爬山虎。

面对那么多藤蔓,怎么办呢。

妻子问"你爱我吗?"

你会怎样回答

试图确认爱情的妻子。

如果有香包,就拿起来

让她感受到微妙的芬芳。

背后是妻子洗碗时发出的当啷声

我开始给妻子写久违的长信。

文泰俊 (1970—)

1970年生于庆尚北道金泉市,毕业于高丽大学国语国文系和东国大学文化艺术研究生院。1994年凭借《处暑·外九首》获得《文艺中央》新人文学奖,从此登上文坛。2004年获得"东西文学奖""露雀文学奖",2005年获得"未堂文学奖",2007年获得第21届"素月诗文学奖"。

致亡妻

[日本] 高村光太郎 / 刘晓芳 译

黎明的云雀如你轻叩我窗

枕边大岩桐如你静静开放

晨风如你轻轻抚我

你的温馨在清晨五时的卧室荡漾

我踢开白色的床单伸了伸双臂

夏天的旭日里你的微笑熠熠闪亮

今天是什么日子你对我悄声细语

权威般站立在我的面前

我成为你的孩子

你成为我年轻的母亲

你仍旧在原先的地方

化作万物充满我的生命

我自知我不值得你如此厚爱

你爱却不顾一切将我拥得紧紧

高村光太郎 (1883—1956)

日本诗人、雕刻家。木雕专业毕业。曾在美国、英国和法国留学。主要诗集有《道程》《智慧子抄》等。

致妻子

[蒙古国] 拉哈巴苏荣 / 哈森 译

如果没有亲爱的你……

谁会在斑驳的山崖引起回声

谁用歌声抚慰我脆弱的心灵

如果没有亲爱的你……

谁会清晨贴我胸前泪浸袍衣

谁给我的马镫弹捋洁白乳汁

如果没有亲爱的你……

清晰的梦中天空散落哪般星辰

漆漆的黑夜会被谁的笑声点亮

如果没有亲爱的你……

天地和谐定格的尘世间

谁会将是唯一的支撑点

如果没有亲爱的你……

谁会与我共燃爱的蓝色火焰

谁用灼热的气息温暖我衣袖

如果没有亲爱的你……

当死亡以世间规律降临

谁伴身旁让我白头相依

回旋曲
——致妻子

[蒙古国] 拉哈巴苏荣 / 哈森 译

在你头顶上

散落为细雨

在你步履间

绽放为花朵

我挚爱的心

围绕着你

在你枕头下

化为潜入的月亮

在你额头上

化为升腾的太阳

我挚爱的心

围绕着你

从你唇齿间

化为歌声弥漫

从山峦的绒麓

化为回声传归

我挚爱的心

围绕着你

从流逝的岁月

作为回忆相随

从你向往的方向

作为未来迎接

我挚爱的心

围绕着你

巴·拉哈巴苏荣（1945— ）

蒙古国著名诗人，1945年出生于中央省温杜勒苏木。曾任蒙古国作协主席、蒙古国大呼拉尔议员。曾荣获蒙古国作家协会奖、蒙古国文化杰出功勋奖、蒙古国国家功勋奖以及"蒙古国人民作家"称号。曾获蒙古国《水晶杯》诗歌大赛冠军三次。2007年世界诗歌大会上获"杰出诗人"奖。著有诗集、歌剧作品、电影作品、儿童剧作品、歌词等多种作品集。

代替一首情诗
——给哈拿

[以色列] 耶胡达·阿米亥 / 傅浩 译

根据"不可用山羊羔母亲的奶煮山羊羔"[1]
他们制订了许多饮食法规,
可是山羊羔已被忘却,奶已被忘却,母亲
已被忘却。

同样,根据"我爱你"
我们一同创造了我们的全部生活,
但我没有忘记你,
一如从前。

---

[1] 犹太教律法,见《出埃及记》第23章第19节。

就像那样

[以色列] 耶胡达·阿米亥 / 傅浩 译

就像那样。
当我们在夜间喝的水,后来
变成了世上所有的酒。

我从来不记得屋门
朝里开还是朝外开,
你家大门口的按钮是用来
开灯,响铃还是沉默的。

我们就想像那样。是吗?
在我们的三个房间里,
在打开的窗户前,
你向我保证不会有战争。

我给了你一只手表,代替
结婚戒指:圆圆的好时间,

不眠和永恒的

最成熟的水果。

耶胡达·阿米亥 (1924—2000)

以色列著名诗人,他的诗融入了个人生存经验与充满民族、宗教冲突的残酷现实,在艺术上则将古老传统和现代诗艺结合起来,在世界上享有广泛的声誉,以色列前总理拉宾曾这样推荐阿米亥:"我认为他是这片土地的桂冠诗人,他的作品深深领会这片古老的、产生了伟大信仰和文化的土地的价值,以及它的痛苦和迷误。"

我的愿望终于实现

[俄罗斯] 卡拉姆津 / 谷羽 译

我的愿望终于实现!……
丽莎!上天待我们不薄。
持久的追求得到奖赏,
幸福时刻,你属于我!

一定要做幸福的伴侣,
为人所爱,报以欢乐,
既做丈夫,又做知己,
我啊,愿在人间生活!

如今我心甘情愿承受
人生难以回避的坎坷,
如果不得不痛哭流涕,
我也乐意任泪水滂沱。

温柔能够使痛苦化解,

可爱的手掌真情抚摸,
抹去满面流淌的泪水,
让心情顿时变得平和。

你啊,我唯一的安慰,
能让我的心趋向热烈!
世间的喧嚣让我厌恶,
我与外界已永远告别。

任凭社交界竞尚浮华,
美女如云,光彩四射,
且让她们向别人炫耀,
且让别人去追逐美色。

我也曾一度沉迷享乐,
飞来飞去像一只蝴蝶,
追求的只是冷酷的心,
幻影在四周闪闪烁烁。

梦幻消失,我已清醒,

再不做玩偶受人奚落；

妖媚女子都遭人痛恨，

从此我喜欢真纯无邪。

唯独你一个值得我爱，

长期的倾慕终有收获，

如愿以偿，好梦成真，

我的心灵平静又喜悦。

我和你将把世俗抛却，

丽莎，我们还缺什么？

唯一的爱情陪伴我们，

活上百年也不会寂寞！

尼古拉·米哈依洛维奇·卡拉姆津 (1766—1826)

俄罗斯感伤主义诗人，其感伤小说《可怜的丽莎》影响深远。他的诗注重抒发内心情感，诗风委婉清新，含蓄隽永。他还是位历史学家，著有十二卷《俄国通史》。

回忆(哀歌)

——献给 Э.М. 雷列耶娃

[俄罗斯] 雷列耶夫 / 汪剑钊 译

在你的记忆中是否还在描画

如此快速地消逝的青春时光——

多丽达,那时我们忘掉了所有人,

贪婪地享受爱情和生命的甜蜜?……

你是否还在亲切聆听蜿蜒的小溪

发出含糊不清的咿呀儿语——

聆听绿色的森林,幼嫩枝条的喧响,

树叶儿窃窃私语的战栗?——

那里,唯有我们满怀一腔柔情,

安静地坐在枝叶茂密的柳树下:

茫茫黑夜张开自己朦胧的雾幔,

鸟儿的啼啭也已沉寂,在远方消失,

一轮新月探出云彩向下张望,

淙淙作响的溪水在夜色中闪烁……

月亮披洒银色的光亮,

照耀我们,多丽达,趁黑夜,

某种来自天堂的东西

为大地带来你迷人的妩媚:

娓娓的交谈随即中断,

两颗心因为欣悦而痉挛,

嘴唇贴紧嘴唇,目光淹没目光,

甜蜜的叹息一个接一个飞翔。

我不知道,还有谁亲密如你,

但我绝不会忘掉美妙的过去:

那给我慰藉、给我甜蜜的幻想,

青年时代的疯狂、忧伤和空虚;

这默默无言的愉悦与欢情

让我觉得如此亲切,仿佛紫罗兰

吐露的芬芳,仿佛美本身给出的初吻。

雷列耶夫 (1795—1826)

出生于彼得堡一个小贵族家庭。雷列耶夫曾参与组织"北方协会"等秘密社团,成为激进派领袖。1825年12月,发动起义失败被逮捕。次年7月被判处绞刑。他主张诗歌应有充实的社会意义和思想,其诗歌充满革命的激情,有很强的浪漫主义特征,"公民"和"自由"是最醒目的主题,对后世的革命民主主义文学产生了巨大的影响。此外,他的一部分涉及亲情的作品也展现了侠骨柔肠的情怀。

她静坐在地板上 *

[俄罗斯] 丘特切夫 / 汪剑钊 译

她静坐在地板上,

整理一大堆书信,

拣起它们,又随手扔掉,

仿佛冷却的灰碳。

她拣起熟悉的信笺,

看着它们又那么诧异,

仿佛灵魂从高空俯瞰

被自己抛弃的肉体……

哦,其中有多少生活,

那种无可复返的体验!

哦,其中有多少痛苦时光,

被扼杀的柔情与欢爱!……

---

* 本诗写给丘特切夫的第二任妻子艾尔涅斯蒂娜。

我默默地站在一旁,

准备求她宽恕跪下双膝,

我体会到极度的忧伤,

仿佛那是本然的倩影。

丘特切夫 (1803—1873)

  俄罗斯哲理诗最重要的代表,有"抒情的哲学家"之美誉。丘特切夫非常善于将抽象的哲理寓于诗意的形象,在情感的抒发中阐述对生活的思考,自然与爱情是他钟爱的两大主题,其创作中显露的早期象征主义特征尤为后来的诗人推崇,被誉为"第一流的诗歌天才""俄罗斯诗坛上不可多得的卓越现象"。

《丽人吟》序诗

[俄罗斯] 勃洛克 / 汪剑钊 译

休息亦枉然。道路且险峻,
黄昏真美妙。我叩击着大门。

你并不理会尘世的敲门声,
表情严肃地在周围播撒珍珠。

楼阁高耸,晚霞消失,
入口处匍匐着红色的秘密。

公主亲手修建的楼阁
辉映着霞光,被谁给点燃?

每一个花饰的彩色雕马
竞相把红色的火焰向你抛掷。

圆形屋顶直插蔚蓝的高空,

蓝色的窗子泛出了一片红晕。

所有的鸣钟叮当齐响,
不朽的盛装流溢着春光。

日落时分,等着我的莫非是你?
点燃楼阁、开启大门的莫非是你?

我抓住颤抖的冰凉双手

[俄罗斯] 勃洛克 / 汪剑钊 译

我抓住颤抖的冰凉双手;

熟悉的脸庞在黑暗里显得多么苍白! ……

你是我的,整个是我的——直到明晨分手之前,

我反正一样——你和我同在,直到黎明。

你精疲力竭,在不可言说的梦中,

不停地絮叨着最后的话语。

幽暗的烛光,行将无力地燃尽,

我们沉入一片黑暗。——你和我同在,在我内心……

许多年过去,你——还是我的,我知道,

我抓住愉快的瞬间,望着你的脸庞,

含混地不断重复热烈的话语……

明晨之前——你是我的,……你和我同在,直到天亮。

我与你相会在日落时分

[俄罗斯] 勃洛克 / 汪剑钊 译

我与你相会在日落时分,

你用船桨荡开了河湾,

我舍弃了精妙的幻梦,

爱上你白色的衣裙。

无言的相会多么奇妙,

前面——在那小沙洲上,

傍晚的烛火正在燃烧,

有人在怀恋苍白的美。

蔚蓝的寂静并不接纳——

移近、靠拢,以及炽燃……

我们相会在黄昏的雾霭中,

那里有涟漪和芦苇丛。

无论是忧郁,无论是爱情,无论是抱怨,

一切皆黯淡，消逝，去向远方……

洁白的身躯，祭祷的声音，

你那金色的船桨。

勃洛克 (1880—1921)

二十世纪俄罗斯文学最杰出的大师之一，象征主义诗歌的集大成者。勃洛克的诗歌具有近乎透明的道德纯洁性和神秘主义的体验，其对语言的圆熟运用和诗歌所呈现的音乐性散发出一种特殊魅力，以至于被人认为诗歌是不可翻译的。十月革命后诗人曾创作长诗《十二个》，诗风的陡转引发了极大的争议。马雅可夫斯基认为，他"代表了整整一个诗歌的时代，……对当代诗歌产生了巨大的影响"。

等着我吧……
——献给 B.C.

[俄罗斯] 西蒙诺夫 / 苏杭 译

等着我吧——我会回来的。

只是你要苦苦地等待,

等到那愁煞人的阴雨

勾起你的忧伤满怀,

等到那大雪纷飞,

等到那酷暑难挨,

等到别人不再把亲人盼望,

往昔的一切,一股脑儿抛开。

等到那遥远的他乡

不再有家书传来,

等到一起等待的人

心灰意懒——都已倦怠。

等着我吧——我会回来的,

不要祝福那些人平安:

他们喋喋不休地说——

算了吧,等下去也是枉然!

纵然爱子和慈母认为——

我已不在人间,

纵然朋友们等得厌倦,

在炉火旁围坐,

啜饮苦酒,把亡魂追荐……

你可要等下去啊!千万

别同他们一起

忙着举起酒盏。

等着我吧——我会回来的:

死神一次次被我击败!

就让那些不曾等待我的人

说我侥幸——感到意外!

那没有等下去的人又怎么会理解——

亏了你的苦苦等待,

在炮火连天的战场上,

从死神手中,是你把我救了出来。

我是怎样死里逃生的,

只有你我两个人将会明白——

全因为同别人不一样,

你善于苦苦地等待。

康斯坦丁·米哈伊诺维奇·西蒙诺夫 (1915—1979)

著名的苏联作家。多次获苏联国家奖金和列宁奖金。他的小说《日日夜夜》《生者与死者》《军人不是天生的》,剧本《我城一少年》《俄罗斯人》等,都有中译本。短诗《等着我吧……》写于苏联伟大卫国战争期间,1941年在《真理报》一经发表,立即引起了强烈的反响,前后方竞相传抄,家喻户晓。《我逐日地回顾了全年》也是一首著名的抒情诗。

这种生活对我俩是多么可怕 *

[俄罗斯] 奥西普·曼德尔施塔姆 / 王家新 译

这种生活对我俩是多么可怕,

我的有着一张大嘴的同志。

我们从黑市上弄来的烟丝被揉皱,

而你坐在裂开的果壳中,我的小朋友。

一个人能否像一只椋鸟那样鸣啭飞过

同时又能啄食果仁蛋糕?

显然——这对你我都不可能。

---

* 该诗为曼德尔施塔姆为他妻子娜杰日达的生日写下的一首诗。

你瘦弱的双肩……*

[俄罗斯] 奥西普·曼德尔施塔姆 / 王家新 译

你瘦弱的双肩是为了被鞭打抽红的。

被鞭打抽红,在刺骨严寒中燃烧。

你孩子似的手臂是为了举起沉重的烙铁的

举起烙铁,为了编织的绳索。

你柔嫩的脚底是为了踩在碎玻璃上的,

踩在碎玻璃上,走过流血的沙。

而我是为你燃烧的,像一支黑蜡烛,

像一支燃烧的黑蜡烛,却不敢祈祷。

---

* 该诗是曼德尔施塔姆写给他妻子的一首诗。

你还活着

[俄罗斯] 奥西普·曼德尔施塔姆 / 王家新 译

你还活着,你还不那么孤单——,
她仍和你空着手[①]在一起。
大平原足以让你们愉悦,
它的迷雾、饥饿和暴风雪。

富饶的贫穷,奢华的匮乏,
你们安然平静地生活。
被祝福的日子,被祝福的夜,
劳动的歌声甜美、纯真。

而那个活在阴影中的人很不幸,
被狗吠惊吓,被大风收割。
这死揪住一块破布的人多可怜,
他在向影子乞求。

---

① 这里的"空着手"指的是赤贫,曼氏夫妇在沃罗涅日流放期间经常贫穷到要乞讨的地步。

奥西普·曼德尔施塔姆 (1891—1938)

俄罗斯白银时代诗人。一生命运坎坷，1935年5月因为写下讽刺斯大林的诗被捕，流放结束后再次被捕，1938年末死于押送至远东集中营的中转营里。诗人生前曾出版诗集《石头》《哀歌》《诗选》、散文集《埃及邮票》、文论集《词与文化》等。死后多年，其在三十年代流亡前后创作的大量作品才得以出版，并引起世界性的高度关注。现在，曼德尔施塔姆已被公认为二十世纪俄罗斯最伟大、最具有原创性的天才诗人之一。

我俩在同一条轨道上转圈儿

[俄罗斯] 加姆扎托夫 / 王守仁 译

我俩在同一条轨道上转圈儿,
只是你我有不同的速度,
我像分针那样奔跑,
你像时针那样踱步。

我走着自己惯常的道路,
日复一日,年复一年,
时而赶在你的前面,
时而又跟在你的后边。

我们一圈又一圈地旋转,
路遥遥,永远也走不完,
我们的离别是多么漫长,
相会的时间却极为短暂。

我们从来就这样生活,

各人的职责——各自分明,

我的命运是匆匆赶路,

你的本分是缓缓而行。

岁月压弯我们的身躯,

我们却仍在不停地旋转,

一面期待着再一次相逢,

一面回忆着前次的会见。

拉苏尔·加姆扎托夫(1923—)

苏联阿瓦尔诗人。1963年由于诗集《离室的星辰》(1962)获列宁文艺奖金。

在我这光怪陆离的城市……
——给莉季娅·格拉特卡娅 *

[俄罗斯]戈尔鲍夫斯基/谷羽 译

在我这光怪陆离的城市——

郁闷、阴沉、臭烘烘——

我们俩仍然在一起生活，

用心倾听嘹亮的钟声……

脚下是积雪和污泥，

头顶是哭泣的天空。

我们的心尽力调适好

对上帝的崇敬虔诚。

这些尖刺、这些圆形穹顶，

这些星星——高过教堂

高过烟囱和威严的陵墓……

我走了，求你呼唤我一声！……

---

* 莉季娅·格拉特卡娅，诗人的妻子。

格列布·雅科甫列维奇·戈尔鲍夫斯基(1931—)

俄罗斯弹唱诗人,出生于列宁格勒。主要诗集有《夜晚的路灯摇摇晃晃》《荒草中的长笛》《懊悔的头脑》《道路泥泞》等。现居住于圣彼得堡。1984年获俄罗斯联邦国家奖。2009年获得新普希金奖。2011年获白俄罗斯国家奖。

给玛丽亚·弗拉狄*

[俄罗斯]维索茨基 / 谷羽 译

这里枞树的枝杈悬空抖动,
这里鸟儿惊恐啾啾地叫。
你住在施了魔法的荒林中,
要想离开此地却办不到……

哪怕稠李干枯像随风摆的衬衣,
哪怕丁香花陨落如纷纷细雨——
反正我要领着你离开这里
去一座宫殿听悠扬的芦笛……

你的天地被巫师们施展法术
见不到光明千百年陷于封闭,
因此你想世界上没有什么去处
比这座妖氛弥漫的森林更美丽!

---

* 玛丽亚·弗拉狄,诗人的妻子,法国女演员。

哪怕早晨草叶上没有露珠的痕迹,
哪怕与阴霾天空争吵的是月亮——
反正我要带领着你离开这里,
去坐明亮的高楼,阳台朝向海洋……

悄悄出门来找我,你战战兢兢
在一星期的某一天,某个时刻……
我伸出双臂抱起你快步急行,
去一个地方,那里谁也不会发觉……

如果偷情合你的心意我就偷——
我何苦要白白耗费偌大的力量?
万一别人占据了宫殿与高楼,
但愿你同意:窝棚里自有天堂!

弗拉基米尔·谢苗诺维奇·维索茨基 (1938—1980)

俄罗斯弹唱诗人,出生于军官家庭,毕业于莫斯科艺术剧院戏曲学校表演部,先后在莫斯科普希金剧院、喜剧剧院当演员,扮演过二十多个角色,参与创作三十多部影视片。他创作诗歌近六百首,自己演唱,自己谱曲,自己用吉他伴奏,生前虽然没有出版过一本诗集,但他的演唱录音带却广为流传,几乎家喻户晓。他的诗贴近生活,采用口语入诗,大胆触及社会矛盾,颇受人民群众欢迎。1987年,在诗人去世七年后,被追授苏联国家奖,成为苏联文学史上罕见的现象。

还有你,海伦

[英]爱德华·托马斯 / 周伟驰 译

还有你,海伦,

我应该给你做些什么?

如果给我一个无限大的商店

让我站在前面

挑选,我会有许多的

东西送给你。我会给你青春,

一切的可爱和真理,

跟我一样好的清澈的眼睛,

土地,水,鲜花,葡萄酒,

你心所愿的

那么多的孩子,比我的

更精致的艺术品,你遗失在

旅行途中颠簸水面上的一切东西,

或给予我的一切东西。倘若我能

在那大宝藏的任何架子上

自由地挑选任何东西,

我会把你自己还给你,

我会给你力量认出

你想要的并且要得不要太迟,

我会给你不引人注目的美好的日子

以及既可享受美好也可享受肮脏的心,

还有我自己,若是我能发现

它藏在哪儿,并且证明它是善的。

爱德华·托马斯(1878—1917)

  英国诗人,生于伦敦郊区的兰贝斯,牛津大学林肯学院毕业。1915年从军,1917年战死于法国。代表诗集有《爱德华·托马斯诗选》。奥登、拉金等诗人都十分喜欢他的诗。

幸福的分配

[美]罗伯特·哈斯 / 远洋 译

床罩扔回来,

纠结的被单,

在月夜里泛光泽。

耽溺于幻想,

或渴望,

或痛苦。

取决于

谁在想象。

(我知道:你是

被伤透的人,我是在你身边

卑躬屈膝的一个,试图

窥视你的眼神)

黏合剂：给依尔琳

[美]罗伯特·哈斯/远洋 译

在结婚的第一年

那些灰暗无边的早晨

我们如何经常睡过头

穿过我们令人迷惑的草坪

找到那种已被雨打落

风吹散的棕榈果、

棕榈叶和甜蜜的沤烂的海棠。

在春天你的胃口好，

你的色彩是一个红透的扁桃树。

我们曾如此一文不名

在爱姆伍德折扣商店

我们争论买图钉

知道封口胶纸也可代替。

在那些挥霍的日子里

伯克利似乎更天真

当我们跳过午餐

享受儿童乐园①的价格时。

---

① 原文为法语。

春天

[美] 罗伯特·哈斯 / 远洋 译

我们买用来观赏的大橙子,

墨西哥饼干,芳香的黄茶。

浏览书店。你

温和地询问,"鲍勃,谁是乌戈·贝蒂?"

一个有胡须、模样像鸟的人

(他看起来像俄国牧师

有着威严的举止

和一件打劫的黑雨衣)

转向我们,清清

他有教养的喉咙,然后

又冗长地告诉我们

乌戈·贝蒂是谁。那透过窗户

缓缓过滤的阳光

给你垂到双臂上

丝绸般的头发镶上金色。黄昏

是一头巨大古怪、发出磷光的野兽

横越过海湾慢慢死去。

我们的房屋等候,而我们的书籍,

是书架上瘦小的士兵。

晚餐之后我还是读一本。

你唱道,"乌戈·贝蒂没有骨骼",

而当我说,"我的语言极限

是我的世界极限",你笑了。

我们整晚说话,用舌头,

用指尖,用牙齿。

不惑之年

[美] 罗伯特·哈斯 / 远洋 译

她沉思着,对他说:"要是你离开我,

跟一个年轻女人结婚,又生一个婴儿,

我就把刀子捅进你的心脏。"他们在床上,

接着她爬到他的胸脯上,朝下直棱棱地

盯着他的眼睛。"你明白吗?你的心。"

罗伯特·哈斯(1941—)

美国诗人,出生于旧金山,现在加州大学教授美国诗歌和创意写作,兼职于国际河流网络。1995 至 1997 年任美国桂冠诗人。出版有《野外指南》《赞美》《人类的希望》《树下的太阳》《时与物》《奥利马的苹果树》等六部诗集。他与诺贝尔文学奖获得者切斯瓦夫·米沃什合作翻译出版米沃什十二卷诗集,出版日本俳句大师《俳句精华:芭蕉、芜村和一茶的译本》,以及多部关于诗歌和文化的随笔。获得 1984 年国家图书奖、1996 年国家图书批评家奖、2008 年普利策奖、2014 年史蒂文斯诗歌奖等。

野上美智子

[美] 杰克·吉尔伯特 / 柳向阳 译

因为永远不在了,她就会

更清晰吗?因为她是淡淡蜂蜜的颜色,

她的洁白就会更白吗?

一缕孤烟,让天空更加明显。

一个过世的女人充满整个世界。

美智子说:"你送给我的玫瑰,它们

花瓣凋落的声音让我一直醒着。"

美智子死了

[美]杰克·吉尔伯特 / 柳向阳 译

他设法像某个人搬着一口箱子。
箱子太重,他先用胳膊
在下面抱住。当胳膊的力气用尽,
他把两手往前移,钩住
箱子的角,将重量紧顶
在胸口。等手指开始乏力时,
他稍稍挪动拇指,这样
使不同的肌肉来接任。后来
他把箱子扛在肩上,直到
伸在上面稳住箱子的那条胳膊
里面的血流尽,胳膊变麻。但现在
这个人又能抱住下面,这样
他就能继续走,再不放下箱子。

杰克·吉尔伯特 (1925—2012)

美国当代诗人。出生于匹兹堡,幼年丧父,因需要挣钱养家,高中辍学后便开始谋生;他阴差阳错上了匹兹堡大学,却由此爱上诗歌。他曾在世界各地漫游和隐居,经历多次爱情,又曾在多所大学任教。1971年,吉尔伯特与日本雕刻家野上美智子结婚,转到日本立教大学教书,从1975年开始一起周游世界。1982年,在十一年的婚姻之后,美智子病逝。著有《危险风景》《独石》《大火》《拒绝天堂》《无与伦比的舞蹈》共五部诗集。2012年3月,出版了《诗全集》。

蜜月

[捷克]雅罗斯拉夫·塞弗尔特 / 远洋 译

要不是那些愚蠢的吻
我们不会选择到海边蜜月旅行——
但如果不是为了蜜月旅行,
那时铁路卧车又有何用?

也许害怕火车站的钟声,
啊,铁路卧车,蜜月卧铺,
所有结婚的幸福是易碎的玻璃,一轮多蜜的
月亮站在繁星密布的天空。

我的爱人,看着车窗外阿尔卑斯山峰,
我们放下车窗,好闻莴菜的气味,
在铁路卧车的餐车后面——
雪花莲、百合花的雪,糖一般白。

啊,餐车,啊,新人车厢,

永远在它们当中逗留,在床上

用刀叉把幸福品尝。

小心轻放!玻璃——易碎!

此面朝上!

再多一天,再加一夜,

像这样两个不可思议的白天,两个不可思议的夜晚。

那里是我的钢轨罐道,我的诗卷,啊,还有

我的铁路卧车的美!

啊,餐车和铁路卧车!

啊,蜜月!

间奏曲

[捷克] 雅罗斯拉夫·塞弗尔特 / 远洋 译

要是有人问
诗是什么,
有几秒我会不知所措。
但我很熟稔。

我曾反复诵读已故诗人,
偶尔,他们诗歌的光芒照亮我的道路
像黑暗中的火焰。

可是生活并非踮起脚尖前行;
有时,它打击
而且践踏我们。

我常常到处寻找爱情,
像一个失明的人,
在苹果树枝头摸索着寻找

他的手所渴望的

浑圆的苹果。

我了解诗歌,

强大得足以驱除所有地狱,

震掉天堂大门上的铰链。

我常常对着惊讶的眼神低吟诗歌。

自然,他们举起软弱的手臂

而且在爱情的拥抱里

抓住他们的恐惧!

但要是有人问我的妻子

爱情是什么,

她也许会失声啜泣。

雅罗斯拉夫·塞弗尔特(1901—1986)

捷克代表性诗人,一生共出版了三十九部诗集,主要有《泪城》《全是爱》《信鸽》《裙兜里的苹果》《维纳斯之手》《母亲》《钟的铸造》《皮卡迪利的伞》《避瘟柱》《身为诗人》等。除了诗歌创作,塞弗尔特还译过法国诗人阿波利奈尔的作品,写过《极乐园上空的星星》《手与火焰》《世界美如斯》等文集。1984年,因展现出"人类不屈不挠的解放形象"而获诺贝尔文学奖。

致尼娜·玛卡什维利

[格鲁吉亚] 吉茨安·尤斯金诺维奇·塔比泽 / 骆家 译

仿佛取自搞怪的十字形——那件红连衣裙。

而你的嗓音致命的温柔——我能沉默得住么?

古老的十四行扬净后,径直成了首三行韵诗……

夜深沉,集市那边的小酒肆一片沉寂,

升起的满月,仿佛一具没有一点呼吸的躯壳……

你怎可站在万的大教堂穹隆之下笑出声来!

我们走在穆赫兰桥上,桥下是翻滚的河水。

活在格鲁吉亚——总之,一切均自生自灭!

而我们依然爱她如痴如醉、毫无理由——

就连诱惑我们的蜘蛛网都让我们留恋……

伊洛,泽农——死亡的徽章古老、血腥……

自己的角杯我们自己用毒药斟满,

死亡之魔在我们头顶盘旋高飞——

我看见了准备接受被毒死的我们的陈尸房。

我只能用我的诗歌和忧伤的爱恳求:

就让坦尼特用最后的祷文播撒我们吧!

彭特艾甫克辛[*]
——献给尼娜·玛卡什维利

[格鲁吉亚] 吉茨安·尤斯金诺维奇·塔比泽 / 骆家 译

彭特艾甫克辛——还有比你更亲的吗!

哪一根弦弹出的那个声音?

美狄亚的生活联想到了你,

她也点燃了我的心。

石灰砌的火炉,龙的颌骨,

丝绸拂动——如金色的羊毛……

我得的是相思病,疯狂地想你,

这样的幸福使我不能自控。

几乎要说出口,但我没流露出的

像雪崩一样推倒我。

一群古代英雄的神话传说

我要把你写进歌里,新的俄耳甫斯。

---

[*] 彭特艾甫克辛,即黑海,是从格鲁吉亚语俄语音译的。

结实的,就像萨尔吉斯·扎克力①,

又仿佛黑海一样的温柔,

没说出口的折磨到如今,

咽喉都干涩了,失败者。

长把猎刀。嘎戈拉像一只白色的天鹅,

不顾一切飞向厄尔布鲁士②,

躲在云后的月亮,时暗时明,

好像大卫鼓舞了她。

海之浪,轰隆隆地响,

仿佛寻求金羊毛的勇士的歌,——歌声

  一直为他们唱很久。

在八月之夜,在遥远的远方,

大地和天空又重新连在了一起。

---

① 格鲁吉亚大公、大庄园主。
② 死火山,海拔 5642 米,位于高加索区,是欧洲、格鲁吉亚的最高峰。

吉茨安·尤斯金诺维奇·塔比泽 (1895—1937)

格鲁吉亚著名诗人,象征主义诗人流派"蓝角"文学组织的发起人之一,生于俄罗斯库塔英斯卡娅省,今格鲁吉亚万思吉边区奇克维什村。斯大林大清洗牺牲者之一,于死后始获得平反。帕斯捷尔纳克十分欣赏塔比泽,翻译过他的很多诗歌。尼娜·玛卡什维利是塔比泽的妻子,二人于1920年结婚。

致海伦

[美]查尔斯·西米克 / 周伟驰 译

明天一早我要去看医生

穿着你熨过的蓝色套装和衬衫。

明天我要给我的骨头拍照

还有我的心和它被钉过的支脉。

它看起来会像秋天的一个鸟巢

属于一个阴天,一只脚迈进了夜晚。

树形病残,独立野外。

必曾是一只苹果,一颗山楂子

又粗又酸硌得每颗牙齿痛,

弄得人带着遗憾走开,因为此刻

路已黑也有了新的险情,

急速转弯的车辆没有亮着前灯,

不知名的司机在轮子上打瞌睡。

因为这是寒冷浸骨的一个良夜。

影儿绰约的女人正搅拌黑咖啡,

要不她们就站在路边等待,

被风扭曲、优美地弄得模糊

当那些车辆醒过来,它们行驶得

这么快或这么慢,几乎听不到它们。

它们像云朵,倘你能听到,像暗暗的云朵。

查尔斯·西米克 (1938—)

美国第十五任桂冠诗人,生于贝尔格莱德,十六岁时移居美国。妻子海伦同样来自南斯拉夫。迄今,西米克已出版二十余部诗集。

告别我的妻子雅尼娜

[波兰] 切斯瓦夫·米沃什 / 李以亮 译

送葬的女傧会把她们的姐妹交给火焰。

火焰,与我们在一起时见过的一样,

她和我,在婚姻里经过了漫长的岁月,

为美好或不美好的誓言维系,冬季

壁炉的火,野营的篝火,燃烧的城市的火,

元素的、纯洁的、来自创世之初的火,

将带走她飘动、灰白的头发,

攫取她的双唇和颈项,吞没她,那在

人类的语言里,象征爱的火焰。

我思无所思,关于语言。或祈祷的词。

我爱过她,却不知道真实的她是谁。

我带给她痛苦,追逐我的幻影。

和女人们一起时,我暴露出对她的背叛,但

  我只忠实于她。

我们共同生活、历经了太多的幸福和不快,

分离,奇迹般的获救。而现在,只剩下这灰烬。

海水冲激着海岸,当我走在空空的林荫道。

海水冲激着海岸。平常的悲哀。

如何抵抗虚无?什么力量

会保存曾经的一切,如果记忆不能长久?

因为我只记得一点点。我所记得的,是那么少。

的确,重生的时刻,意味着那一日日

延迟的最后审判,也许因为主的仁慈。

火焰,自重力的解放。苹果不会落下,

山不会从它的位置移动。在火帘之外,

羊羔站立在不可摧毁的草地。

炼狱里的灵魂燃烧。仿佛已经疯狂,赫拉克
利特,

看到世界的基础在火焰里耗尽。

我相信肉体的复活么?而不是相信这一堆灰。

我呼唤,我哀求:所有的元素,你们分解吧!

以另外的形式升起,让它来吧,王国!

在这尘世的火焰之外,重新创造你们自己!

切斯瓦夫·米沃什 (1911—2004)

波兰诗人。出生于立陶宛,在维尔纽斯上大学期间是诗歌小组"扎加拉"的创建者之一。在被占领期间,米沃什参加了首都地下抵抗活动。战后曾当过外交官。1951年在法国请求政治避难。1960年移居美国并成为伯克利大学斯拉夫语言文学系教授。1980年获诺贝尔文学奖。

给你

[波兰] 亚当·扎加耶夫斯基 / 李以亮 译

这不是为你写的唯一的诗——此刻
你睡在梦织的云团里吗——我不仅为你
写胜利的,微笑的,可爱的诗
也为你写被征服和被制服的诗,

(但我从来不知道
谁能打败你!)
为你,我写疑虑重重
不安的诗,一首接一首,

仿佛希望有一天——如乌龟
——通过我拙劣的言辞
和意象,到达你至今所在的地方,
那里,生活的闪电背负着你。

给M

[波兰] 亚当·扎加耶夫斯基 / 李以亮 译

我躺在另一块天空的星辰下
在午夜漆黑的青草中。
午夜呼吸着,缓慢而懒散,
我想起你、我们,
想起从我的想象里拔出的
锋利和闪亮的时刻,仿佛荆棘
从一个运动员窄窄的脚上取出。
这一天大海变得黑暗而
狰狞,风暴的兰花迅疾跑过
皱缩的水的床单。
它也可以是童年,简单的
狂喜的土地和无尽的渴望,
正午嘴唇里红红的罂粟
和教堂的警觉如蜂鸟的塔。
士兵们沿着街道走过,但战争
已经结束,步枪开出花朵。

某些日子沉默是那样虔诚

我们都不敢妄动。一只狐狸跑过田野。

我们试着品尝叶子的滋味，今天真之人

目迷的光的滋味。

但空气也有苦涩的滋味：康乃馨，

肉桂，尘土和橡实，

冬天，秋季的第一个星期。

未流出的血的滋味。

我们久久站在铁轨之上的高架桥上，

一列火车一定已从我们下面通过了；

唯有干燥的太阳反射在

它数不清的窗户里。

那是笑声，你说，那是铁，

盐，沙，玻璃。

   而未来，

你的衣服的织料，我们共享的，生活，

像旅行中的一餐食物。

亚当·扎加耶夫斯基 (1945—)

波兰诗人、小说家、散文家。生于利沃夫(今属乌克兰)。在六十年代后期是波兰新浪潮诗歌的代表人物。1982年移居巴黎。主要作品有《公报》《肉铺》《画布》《无止境》《永恒的敌人》《捍卫热情》《另一种美》等。作品获多种国际奖项。

秋风在丛树间飒飒地响着

[匈牙利]裴多菲/孙用 译

秋风在丛树间飒飒地响着,
它轻轻地对着树叶低语;
说的是什么?却听不见,
树都摇着头,显得很是忧郁。
从中午到晚上的任何时间,
我安闲地躺在长榻……
我的妻子正静静地睡着,
她的可爱的头靠着我的胸膛。

我的这一只幸福的手
感到了她的胸口怎样喘息,
又一只手里是我的祈祷书:
一本自由斗争的历史!
热烈的语句在我心头燃烧,
好像是巨大的彗星一样……
我的妻子正静静地睡着,

她的可爱的头靠着我的胸膛。

在暴君的淫威之下的人们,
金钱和皮鞭能驱使他们打仗;
自由呢?为了她的一个微笑,
她的一切追随者就走上战场,
好像从爱人的手中接受花环,
他们为她接受死亡和创伤……
我的妻子正静静地睡着,
她的可爱的头靠着我的胸膛。

神圣的自由啊!多少光荣人物
抛弃了生命,这有什么意义?
即使现在还没有,将来一定有,
最后的斗争中的胜利必属于你,
你要为你的战死的人们复仇,
你的复仇是又可怖,又辉煌!……
我的妻子正静静地睡着,
她的可爱的头靠着我的胸膛。

我的面前幻现着未来的时代,

它显出了一片流血的景象,

一切自由的敌人,都在

他们自己的血海中埋葬!……

我的胸已经被闪电撕裂,

我的心像雷轰一样震荡,

我的妻子正静静地睡着,

她的可爱的头靠着我的胸膛。

裴多菲·山陀尔 (1823—1849)

　　十九世纪匈牙利最伟大的诗人。一生写了八百多首短诗和八首长篇叙事诗,其作品对匈牙利文学发展影响很大,亦享有很高的世界声誉。

就这样

[匈牙利] 泽尔克·佐尔坦 / 高兴 译

就这样她对我讲起亚斯贝雷尼的家,

讲起那间兼作鞋铺的厨房,

就这样她谈论起她那总在敲敲打打的父亲,

她那即便嘴含着木钉仍在哼着歌的父亲,

就这样她来到佩斯,一个未婚的孤女,

就这样她曾旅行到了巴黎,

就这样她踏上街车,在早晨,

就这样她从市场上买到了新鲜青豆,

就这样她理直衣裙,

在剧院的门厅,

就这样她躺在床上,在我身旁醒来,

就这样她走出浴室,那么优美,

就这样她久久凝视着我,

透过窗口,透过一千八百里浓浓的雾霭,

就这样她看着我痛苦的双足

艰难地行进在布雷场上,

就这样她用头发覆盖着我的脸

挡住了他们的视线,让我贴近她的乳房,

和我一道穿过燃烧的夜晚,

穿过燃烧的围墙,穿过燃烧的街道,

就这样,一旦需要,她会变成

火焰中的火焰,草丛中的青草,就会变成绿荫,

就这样她那紧闭的双唇仍在喃喃絮语,

就这样她为我唱起舒伯特的

《万福玛利亚》,

就这样,面临重重屏障,

她仍然设法越过牢墙来到我的面前,

就这样,今天早晨,在逝去了二十年之后,

她领着我们的狗走进我的房间,

因为她总是知道我在哪里散步,在何处生活。

泽尔克·佐尔坦 (1906—1981)

匈牙利诗人。他一生坎坷,曾多次被捕入狱。经历使然,其诗带有浓厚的悲剧色彩。主要诗集有《内心的怨言》《傍晚垂钓》等。

我妻子的优点

[德] 汉斯·马格努斯·恩岑斯贝格 / 贺骥 译

我妻子有很多优点

在一张标准 A4 纸上无法写全。

她是一个后生动物① 秀发沙沙响

夜里安睡时,头发悄然长。

她的一切小节我都喜欢。身姿柔媚

心肠软。当她的鼻翼

翕动时,我知道:她在思索。

她经常冥想,她活得自在!

我知道,她会卷舌

会小跑。当她欢笑或生气时,

她的嘴角会出现一条

迷人的新褶。肤色非全白,

多彩。她的呼吸也

富于变幻,更别提

---

① 后生动物,多细胞动物。原生动物以外所有动物的总称。此诗为诗人的第三任妻子卡塔琳娜·肯沃尔而作。诗人的结发妻子是挪威人达格伦,第二任妻子是俄国人马卡诺娃。

她那丰富的内心了。

我偶然到一处,她

往往如影随形,令我惊奇。

夏季之诗（之一）

[德] 汉斯·马格努斯·恩岑斯贝格 / 贺骥 译

我们还没死

一切皆可能

一扇门敞开了

一个新错

比绝对正确

更合我意

我的嘴里有

过去的味道

你能帮我吗？

我的妻子嚷道

我讨厌别人把我当成工具（玛丽莲·梦露）

浴室里散发着

桦木的香气

水龙头在滴水

晚间新闻

和关于新资本主义

与先锋派的报告

这不是艺术

为之于其未有（老子）

一个新错

突然出现

空荡荡的大街

一年里最短的夜

女郎说

成其好事

成我好事

小船漂荡在

伏尔塔瓦河上

老巷里的灯

熄灭了

各种激情（维兰德[①]）

打开了新世界

你能帮我吗?

---
① 维兰德，德国诗人、小说家。诗中的引文出自其散文《飞行者》。

在白夜

在桑拿浴室

在暗处

啊!

一种从未有过的感觉(维兰德)

天下之大作于细(老子)

其间

也许会绽开

一首诗

枕边诗

[德] 汉斯·马格努斯·恩岑斯贝格 / 贺骥 译

你全身心地

投入,想我,

蹲下来让我看

你的柔发,让我

感觉你的体温

思索你的神秘;

还有你的絮语,

轻盈的双肘,

你的物质性的灵魂

在锁骨上面的

小脑袋里闪烁不定,

你去了又来,

总是给我留下

未知的空白,对这一切

我的单音节的语言

显得贫乏或多余。

汉斯·马格努斯·恩岑斯贝格(1929—)

德国当代著名诗人、散文家、小说家、剧作家、翻译家、出版家和政治评论家。著有《豺狼的辩护词》等十五部诗集,《无政府的短暂夏季》等长篇小说和中短篇小说。曾荣获德国最高文学奖——毕希纳奖(1963)。他是一位介入现实的、博学的诗人,其诗歌体现了技巧与倾向的结合以及诗艺与科学知识的联姻。语言的陌生化、庞德式的语言制作手法以及讽刺是其诗歌的主要特征。

赠别:不许伤悲

[英] 约翰·但恩 / 傅浩 译

就好像有德人安详辞世,
只轻轻对灵魂说一声:走,
悲哀的朋友正纷纷论议,
有的说气断了,有的说没有,

让我们如此融化,不声张,
无叹息风暴,无泪水洪波;
把我们的爱向外人宣讲
就等于亵渎我们的欢乐。

地震带来伤害和恐慌;
人们猜度其作用和意图,
可是九天穹隆的震荡
虽然大得多,却毫无害处。

世俗恋人的乏味爱欲

（其灵魂即感官）不能忍受
别离，因别离使他们失去
那些构成爱情的元素。

而我们被爱情炼得精纯——
自己竟不知那是何物——
更注重彼此心灵的相印，
不在乎眼、唇及手的接触。

我们的灵魂是一体浑然，
虽然我人必须走，灵魂却
并不分裂，而只是延展，
像黄金槌打成透明薄叶。

即便是一分为二，也如同
僵硬的圆规双脚一般；
你的灵魂，那定脚，不动，
倘若另一脚移动，才动弹。

虽然定脚稳坐在中心，

但是另一脚在外远游时,

也侧身倾听它的足音,

等那位回家,就把腰挺直。

你对我就将如此,我不得

不像另一脚,环行奔跑;

你的坚定使我的圆正确,

使我回到起始处,终了①。

---

① 艾萨克·沃尔顿在其《约翰·但恩博士的生平》(1640)中引用了此诗,称此诗是但恩1611年随罗伯特·朱瑞爵士一家出访法国前写给妻子的数首诗之一〔据说包括《歌(最甜蜜的爱,我不走)》〕。沃尔顿还说:"我特此透露,我曾听一些在语言和诗歌方面都很有学问的评论家说,没有一位古希腊或拉丁诗人能比得上它们〔那些诗〕。"塞缪尔·泰勒·柯尔律治认为这是一首"除了但恩无人写得出的美妙的诗"。

约翰·但恩 (1572—1631)

又译多恩、邓恩、堂恩、唐恩、邓、顿。英国十七世纪玄学诗派创始人。生于天主教徒家庭。曾就读于牛津大学。早年生活狂放不羁,晚年皈依国教,任圣保罗教堂教长。早期以写爱情诗见称,晚期则专写宗教诗。其诗作特点是:寓哲理思辨于浓缩的激情,想象出奇但合乎逻辑,富于对立又统一的张力。对二十世纪英美现代派诗歌有很大影响。

梦亡妻

[英]约翰·弥尔顿 / 傅浩 译

我仿佛看见我已故配偶的灵魂①

前来,像阿尔刻提斯②出自坟墓,

天帝的骄子从死神手中解救出,

交给她欣喜的丈夫,虽苍白而眩晕。

我妻,一如洗去了产后的污渍,

为古老律法的净化仪式③所挽救,

一如我相信在天国还能够再度

---

* 此诗作于1658年(一说1656年),是弥尔顿十四行诗集中的第19首。

① 基督教徒相信有福选民的灵魂("saint")与上帝和天使居于九重天上的天国。此处曾与诗人配偶的灵魂何指,论者说法不一。有人认为系指诗人的第一任妻子玛丽·鲍威尔,她于1652年死于难产,是年正值诗人双目完全失明。有人则认为系指诗人的第二任妻子凯瑟琳·伍德科克,但她与诗人结婚不到两年就于1658年因难产去世。

② 阿尔刻提斯是古希腊神话传说中弗赖国王后。国王阿德墨托斯身患不治之症,命运女神经太阳神说情允许他人代死,于是阿尔刻提斯自愿代夫去死,但被大力士赫剌克勒斯("天帝的骄子")从死神处救出,交还给她的丈夫。在欧里庇得斯的悲剧《阿尔刻提斯》中,当时她头戴面纱,不得开口说话,直到经仪式净化之后才能被人间重新接纳。下文中"faint"一词因此可有多重含义,一为因虚弱而眩晕,一为因面纱盖头而朦胧,都切合阿尔刻提斯刚从阴间地府中还阳的状态。

③ 《旧约·利未记》第十二章有关于女人产后净化仪式的明文规定,属古希伯来人的律法。

无拘无束地完全看清的样子,[1]

浑身素裹,像她的心灵般洁白。

她纱巾遮面,但在我想象的眼界

她闪着挚爱、甜美、善良的光辉,

那么清明,面带着无比的欢悦。

可是啊,正当她俯身要抱我之时,

我醒了,她跑了,白天带回我的夜[2]。

---

[1] 失明者死后升入天国后就恢复了原有视觉。
[2] 我的夜,指诗人的失明状态。

约翰·弥尔顿 (1608—1674)

十七世纪英国伟大诗人。被认为是英国历代文学家中学识最渊博者。1640—1660年间，主要从事政治活动。由于积劳成疾，于1652年双目失明。两度丧妻。王政复辟后又遭迫害。晚年在困境中以口授方式创作出三部旷世杰作：史诗《失乐园》《复乐园》和悲剧《力士参孙》。《失乐园》被认为是英语文学中最伟大的史诗，在世界文学之林中堪与荷马和维吉尔的杰作比肩。在英国文学史上，弥尔顿的地位长期以来仅次于莎士比亚。

致——

[英] 华兹华斯 / 黄杲炘 译

让别的诗人把天使赞美,
说是像太阳没阴影;
你呀绝没有那样的完美:
但你要为此而高兴!

别去管没有人说你美貌;
只要我心目中的你
没任何美好事物能比较——
你就任它去,玛丽。

真的美住在幽深的地方,
她面纱不会给揭掉;
除非被爱的也爱着对方,
两颗心和谐地对跳。

威廉·华兹华斯 (1770—1850)

英国"湖畔派"浪漫主义诗歌的主要代表。1848 年被封为"桂冠诗人",以擅长歌颂大自然著称。

前瞻

[英] 布朗宁 / 屠岸 译

怕"死"吗?——感到我喉头的雾,

我面上的烟,

这时候雨雪开始下降,狂风指出

我已接近那地点,

那黑夜的威力,那风暴的胁迫,

那敌人的标杆;

那儿有"大恐怖"在可见的形象中站着,

但强者必须向前:

因为峰顶必须抵达,旅途必须走完,

障碍必须推倒,

虽然还要打一仗,在获得酬报以前,

那一切战斗的酬报。

我永远是战士,那么——再作一战,

这最漂亮、最后的一手!

我恨"死"扎住了我眼睛,不让我看,

又叫我赶快爬走。

不,让我尝遍全般,活得像我的同伴,

那古代的众英雄!

让我忍受苦难,顷刻间付出快乐生命的

  余欠,

——那黑暗、寒冷和苦痛。

对勇者,最坏的会立刻变成最好的,

黑暗的时刻终于结束,

那精灵的狂喊,魔鬼的嗓音,在怒叫的,

将沉落,将变得含糊,

将转化,将首先从痛苦中化出和平,

然后一闪光,然后您的胸怀,

我的灵魂的灵魂啊!我将再拥抱您,

并将永远和上帝同在!

罗伯特·布朗宁 (1812—1889)

英国维多利亚时代的大诗人,与"桂冠诗人"丁尼生齐名。他主要靠家庭教育和自学而成材。他的"戏剧独白"诗和抒情诗都有独特而杰出的成就。他成名较晚,但对后来的诗人影响很大。

处女新婚

[英] 狄兰·托马斯 / 海岸 译

在情意绵绵的夜晚独自醒来,晨光

惊愕于她彻夜未眠的眼睛

他金色的昨日在虹膜上沉睡

今日的太阳从她的大腿跃上天空

无比神奇纯洁而古老,仿佛酵饼和游鱼,

虽然圣迹的瞬间只是无休止的闪电

留存遗迹的加利利① 船坞掩藏一大群鸽子。

太阳的震颤不再渴望她深海般的枕头

她在那里一度独自成婚,她的心,

她的耳朵,她的眼睛,她的双唇俘获他雪崩般

金色的灵魂,她水银般的身骨响彻他潺潺的

   溪流,

他从她那眼睑般的窗口扯起他金色的行李,

---

① 加利利,巴勒斯坦北部一多山地区,那儿有以色列最大的淡水湖加利利海,素有耶稣"第二故乡"之称,留有著名的"五饼二鱼"的圣迹。

一团火焰跃过他的沉睡之地,她从他的怀抱中
懂得另一轮太阳,无畏的血液悄然奔流。

结婚周年纪念日

[英]狄兰·托马斯 / 海岸 译

天空被撕破

横穿两人褴褛的纪念日,

三年来他们和睦相处

携手走过誓约长长的小道。

此刻爱已丧失

爱神和他的病人在同一锁链下哀号;

从每个真理或火山口

死神挟来阴云,敲击他们的房门。

错误的雨中,一切太晚

他们相聚相会,爱却已分离:

窗户倾入他们的心扉

房门在大脑中燃烧。

狄兰·托马斯 (1914—1953)

二十世纪英美杰出诗人,生于英国南威尔士斯旺西。诗歌围绕生、欲、死三大主题,诗风粗犷而热烈,音韵充满活力而不失严谨,其肆意设置的密集意象相互撞击,相互制约,表现自然的生长力和人性的律动。著有《笔记本诗抄》(1930—1934)、《诗十八首》(1934)、《诗二十五首》(1936)、《爱的地图》(诗文集,1939)、《死亡与入口》(1946)、《梦中的乡村》(1952)及《诗集》(1934—1952)。他一生创造性地运用各种手段——"双关语、混成语、悖论、矛盾修辞法、引喻或譬喻的误用、俚语、辅音韵脚、断韵及词语的扭曲、回旋、捏造与创新"——以超现实主义的方式掀开英美诗歌史上新的篇章。

给我妻子的献辞

[英] 艾略特 / 裘小龙 译

这是归你的——那跳跃的欢乐

它使我们醒时的感觉更加敏感

那君临的节奏,它统治我们睡时的安宁

合二为一的呼吸。

爱人们发着彼此气息的躯体

不需要语言就能思考着同一的思想

不需要意义就会喃喃着两样的语言。

没有无情的严冬寒风能够冻僵

没有酷热的赤道太阳能够枯死

那是我们的而且只是我们玫瑰园中的玫瑰

但这篇献辞是为了让其他人读的

这是公开地向你说的我的私房话。

艾略特 (1888—1965)

原籍美国的英国现代诗人和评论家,英美诗界中极有影响的一位诗人。1922年发表长诗《荒原》,被认为表达了西方一代人的幻灭,是英美现代诗歌的里程碑。1948年,获诺贝尔文学奖。

在风吹到的所有方向里[*]

[苏格兰] 罗伯特·彭斯 / 傅浩 译

在风吹到的所有方向里,

我最喜爱的是西方,

因为有美丽姑娘住那里;

我最最心爱的姑娘:

有森林绵延,有河水流淌,

还隔着那道道山脊,

但我的幻想日夜里飞翔,

常和我吉茵在一起。

我在露湿的花丛中看见,

看见她甜蜜又漂亮;

我在婉转的鸟鸣中听见,

听见她迷人的歌唱:

每一朵美丽的鲜花开放

---

[*] 此诗作于1788年,从邓弗里斯郡寄给位于西方的艾尔郡的新婚妻子吉茵·阿莫尔。

在泉边、草地或树林,

每一只美丽的鸟儿歌唱

都让我想起我吉茵。

罗伯特·彭斯 (1759—1796)

英国苏格兰诗人。1786年出版第一部诗集《主要用苏格兰方言写作的诗》,一举成名,被誉为"天才农夫"和"卡里多尼亚〔苏格兰〕吟唱诗人"。这部诗集犹如一股清新的乡野之风骤然吹入笼罩着新古典主义沉沉暮气的英国诗坛。诗人继承苏格兰民间口头文学和苏格兰中世纪方言文学的优秀传统,在题材、体式、措辞等方面大量借鉴前人并加以改进,形成了自己独特的风格。在他生命的最后九年中还编写了三百多首抒情歌谣。一般认为,这些用真正的普通人民大众口语写成的民歌体抒情诗标志着英国田园抒情诗复兴的开端,彭斯也因而确立了"先浪漫主义"重要诗人的历史地位。

诗
——给玛丽

[爱尔兰] 谢默斯·希内 / 傅浩 译

爱人,我将为你完善这孩子:
他在我大脑中勤快地磨洋工,
用沉重的锹挖掘得泥土成堆,
或在深沟的油水污泥里打滚。

每年我要在一码长的园里播种子。
我会揭掉一层草皮以便筑墙垣,
这是要阻挡母猪和乱啄的母鸡。
每年,它们一进来,草皮就完蛋。

或者我会高兴地趟着那会吸吮的
酸牛奶,给奔流的水渠筑坝,
可是我的稀泥面糊构成的防御工事
总是在秋雨涨水之前崩塌。

爱人,你将为我完善这孩子:

他的不完善的小界线会不断撑破:

现在在新的界线内,在我们的墙内,

在我们的金色圈子内,安排世界!

水獭

[爱尔兰] 谢默斯·希内 / 傅浩 译

你跳水时,

图斯卡尼湖水荡漾,

光波掠过湖面

摇曳到湖底。

我爱你湿漉漉的脑袋和活泼泼的泳姿,

你优美的脊背和双肩

从水里浮出,又浮出,

这一年和以后的每一年。

我坐在温暖的石上,喉咙干燥。

你离我很远。

醉人的明澈,葡萄酒样浓郁的空气

变得稀薄,失望。

为这徐缓的负载,感谢上帝!

此时我搂抱着你,

我们浓密而深沉

如水面上氤氲的雾气。

我的双手是被测量的湖水。

你是我实在的、轻灵的

记忆的水獭,

在此刻的湖水中,

翻身仰泳,

每一次无声的、大腿颤抖的踢动

都把波光重新搅乱,

使你颈上的凉风微微起伏。

突然你钻出水面,

返回岸来,神情依然那样专注,

披着崭新的毛皮,笨重而活泼,

在卵石上踏印着湿迹。

臭鼬

[爱尔兰] 谢默斯·希内 / 傅浩 译

高高翘起,黑色,带暗红条纹,好像神父
在葬礼上穿的无袖长袍,臭鼬的尾巴
前导着臭鼬。夜复一夜
我期待她如期待访客。

冰箱的嘶嘶声渐渐沉寂。
我书桌上的灯光在阳台以外变得柔和。
橘树丛里浮现出小小的橘实。
我开始紧张起来,像个窥淫癖。

十一年后我重新写起
情书,把"妻子"这个词当作库存的木桶,
在上面钻孔,仿佛它那纤弱的元音
突变成了加利福尼亚夜晚的

土地和空气。美丽、无用的

桉树气味拼写出你的不在。
一口甜酒的后劲儿
仿佛把你从冰凉的枕上吸离。

她来了,那专心致志、富有魅力,
寻常而又神秘的臭鼬——
被涂上神话色彩,又被抹去神话色彩——
嗅着距我五尺远的餐桌。

昨夜我又想起了这一切,有感于
你就寝时衣饰如轻尘般飘落;
你埋头,翘尾,在底层的抽屉里
搜寻那件黑色竖条纹的睡衣。

谢默斯·希内 (1939—2013)

爱尔兰诗人。毕业于贝尔法斯特女王大学。以教书为生。1972年移居爱尔兰共和国,生活在都柏林。以写自己熟悉的爱尔兰民俗、神话、乡村生活和社会现实为主,描写客观、具体、克制。技巧上不炫奇,运用传统形式得心应手。1995年获诺贝尔文学奖。被认为是当代最重要的英语诗人之一。

你们来看：孩子们坐成了一个圆圈

[法]雨果 / 程曾厚 译

你们来看：孩子们坐成了一个圆圈。
孩子母亲在一旁，她的脸年轻柔婉，
大家会以为她就是大姐。
当孩子们天真的游戏正玩得起劲，
她却很不安，她在为每个孩子担心，
担心未来命运中的一切。

身边的孩子时而嬉笑，时而哭叫。
她的心和孩子们同样纯洁和美好，
她的品格如此玉洁冰清，
生活里不断操劳，关怀得无微不至，
母亲的日日夜夜，母亲的夜夜日日，
都一一变成不绝的诗情！

她围着孩子打转，对他们处处当心，
不论是冬月炉火熊熊的壁炉旁近，

孩子们都显得高高兴兴，
也不论是五月的轻风吹皱了溪水，
或在孩子们头上摇曳着满树青翠，
飘下来一片剪好的叶影。

有时候，一个穷人在孩子前面过去，
他羡慕地注视着银制的美丽玩具，
饥肠辘辘，更加欣赏不已，
母亲在旁边，只要对她轻轻笑一笑，
能使孩子变天使，就把玩具施舍掉，
这一切是以上帝的名义。

我呢，母亲和孩子，我亲眼望着他们，
小家伙在我身边一个个高兴万分，
就像沙滩上的小鸟一样，
我心中沸腾翻滚，我感到我的脑袋
在被热气腾腾的暖流慢慢地掀开，
从中冒出来无穷的梦想。

维克多·雨果 (1802—1885)

法国文学史上最伟大的作家之一,十九世纪前期浪漫主义文学运动的领袖。他创作了著名长篇小说《巴黎圣母院》《悲惨世界》《九三年》等作品,还写了十五部诗集和七部诗剧。

二十年后

[法] 阿拉贡 / 罗大冈 译

光阴像牛车,套上了棕红的缓慢的牛,
恢复了单调的行程……季节正深秋。
金黄的叶丛漏出几处蓝的窟窿,
十月像电瓶,抖索了一阵,就沉沉入梦。

我们像怯懦的君主,生活在嘉洛琳王朝,
做梦也懒洋洋的,拍合着母牛的步调。
我们勉强知道,战场尽头死了人;
五更天干了什么,黄昏完全弄不清。

我们彷徨在空无一人的住宅中间,
没有铁链和白布。没有怨声和意见;
像幽灵出现在中午,游魂大白天显形;
谈情说爱的生活,只剩下了鬼影。

二十年过去了,我们可又旧调重弹,

又拾起就快忘记干净的老旧习惯。

千万个拉都特在牢里,动作和当年一样,

这对于他们,仿佛丝毫不关痛痒。

刻板的、官样文章的时代重又来到;

男人终于放下骄傲,罗曼斯曲调

老在唇边缭绕,无非是白痴的歌子,

全亏无线电,他已经听了不知多少次。

二十年,这几乎仅仅是一个孩子的岁数;

跟着二十年前的小娃娃,清白无辜,

今天同我们这些老大哥同上前线,

老大哥心中深深感到惨痛难言。

《二十年后》,这书名对我们是一种讽刺,

它写出我们的全部生活。用这几个字,

大仲马在嘲笑!你的美梦和爱人的身影,

会通过这四个字,越出了正常的途径。

只有一个人,她很温柔,也最美丽,

她和赭红色的十月一样,趋于一切;
她独自在焦急。而我的爱情就是希望,
我盼她来信,一天一天,日子真长!

我的妻子,你这辈子刚过了一半;
过去的岁月实在太少,但是很美满;
在那些美满的日子里,大家提起我们来,
总说:"他们俩。"幸福的日子是这么不慷慨!

我仍是当年的坏少年,你一点也没有损失;
即使我像远远的标志那样消逝,
更像写在大西洋沙滩上的一个字母,
这样的阴影,这样的虚空,你没有见过。

一个人的变迁,就像浮云幻变在天空。
你用你的手,温柔地抚摸我的面孔,
抚摸我的前额,拨开额上的愁云;
我头发灰白的地方,你的手轻轻停一阵。

啊,我的爱,我的爱,在这凄凉的黄昏里,

对于我说,唯一存在的,在这时,只有你。

在这时,我的诗,我的生活,我的快乐,

我的声音,一下子,全部搞乱了线索,

因为,我想对你再说一遍我爱你。

可是你不在,这句话反而使我更孤凄。

艾尔莎的眼睛

[法] 阿拉贡 / 徐知免 译

你的眼睛这样深沉,当我弓下身来啜饮

我看见所有的太阳都在其中弄影

一切失望投身其中转瞬逝去

你的眼睛这样深沉使我失去记忆

是鸟群掠过一片惊涛骇浪

晴光潋滟,你的眼睛蓦地变幻

夏季在为天使们剪裁云霞做衣裳

天空从来没有像在麦浪上这样湛蓝

什么风也吹不尽碧空的忧伤

你泪花晶莹的眼睛比它还明亮

你的眼睛连雨后的晴空也感到嫉妒

玻璃杯裂开的那一道印痕才最蓝最蓝

苦难重重的母亲啊雾湿流光

七支剑已经把彩色的棱镜刺穿

泪珠中透露出晶亮更加凄楚

隐现出黑色的虹膜因悲哀而更青

你的眼睛在忧患中启开双睫

从其中诞生出古代诸王的奇迹

当他们看到不禁心怦怦跳动

马利亚的衣裳悬挂在马槽当中

五月里一张嘴已经足够

唱出所有的歌,发出所有的叹息

苍穹太小了盛不下千百万星辰

它们需要你的眼睛和它们的双子星座

孩子们为瑰丽的景色所陶醉

微微眯起了他们的眼睛

当你睁开大眼睛我不知道你是不是扯谎

像一阵骤雨催开了多少野花芬芳

他们是不是把闪光藏在薰衣草里

草间的昆虫扰乱了他们的炽烈情爱

我已经被流星的光焰攫住

仿佛一个水手八月淹死在大海

我从沥青矿里提炼出了镭

我被这禁火灼伤了手指

啊千百次失而复得的乐园而今又已失去

你的眼睛是我的秘鲁我的哥尔贡德我的印度

偶然在一个晴日的黄昏,宇宙破了

在那些盗贼们焚烧的礁石上

我啊我看到海面上忽然熠亮

艾尔莎的眼睛艾尔莎的眼睛艾尔莎的眼睛

路易·阿拉贡 (1897—1982)

法国最伟大的现代文学家之一,诗人,超现实主义文学的健将。曾靠拢革命,参加法国共产党,写有史诗性小说《共产党人》。在他大量的诗作中,一部分是抗战诗,还有一部分是献给妻子艾尔莎·特丽奥莱的爱情诗。他的许多诗篇被作曲家配曲,成了法国广泛流传的名歌。

最后的诗

[法] 德斯德斯 / 罗洛 译

我这样频频地梦见你,

梦见我走了这样多的路,说了这样多的话,

这样地爱着你的影子,

以至你再也没有什么给我留下。

给我留下的是影子中的影子,

比那影子多过一百倍的影子,

是那将要来到和重新来到你的

充满阳光的生活中的影子。

罗伯尔·德斯德斯 (1900—1945)

法国诗人,最初属于超现实主义派,他最好的诗是那些富于抒情味的质朴的情诗,其中《最后的诗》是在集中营里写给妻子尤基的。

致我熟睡的妻子

[法] 克罗 / 树才 译

你睡了,你相信我的诗行

将充满这灾难的

焚烧着的整个宇宙;

然而,我在日落时吟出的

歌,还有我那些遥远的

哀曲,却少得可怜!

如果说有时我也打扰

寒冷天穹的宁静,

如果说铁的、铜的或金子的

声音,在我的歌中回响,

请原谅这些高昂的姿态,

因为我生活得太匆忙!

而你将永远爱我。

永恒的是爱情,

我的记忆是它的巢;

我们的孩子将是骄傲的修理工

会修补好他们的父亲

在你的生活中造成的损坏。

孩子们睡着了,什么也不梦想,

在天空的云朵里

头发覆盖着他们细柔的额头;

而你,在他们身畔,你也睡着了,

把劳作和债务的苦恼

忘得一干二净。

我呢我在熬夜我写下

这些诗行让整个宇宙

没有苦难没有火灾;

明天,太阳初升的时候,

倾听着这首平静的哀歌

你将微笑。

夏尔·克罗 (1842—1888)

在法国诗歌史上被称为"遭诅咒的诗人"。克罗生前只出版过一本诗集《檀香木匣》,回报他的是一阵寂静。作为智者,克罗从未停止过在科学发明上的钻研,曾在世界博览会上展示自己发明的一台自动电报机。作为诗人,克罗诗中始终在一种半克制半撩人的对爱情的倾吐中探索着语言上的创新。他不断地袒露自己,尤其是内心。克罗的足迹是奇特的,他生活得匆匆忙忙,充满激情、恐惧和幻想。

致梅特卡

[斯洛文尼亚] 托马斯·萨拉蒙 / 高兴 译

假如我点燃这房子白色的框架，那么，火焰
会比我身体坠落的重量烧得更亮吗？
会比桑巴更亮吗？会比我那水汪汪的头颅
更亮吗？我在雪中。你在舞蹈。在硕大的

绿树下，睁着你那忧伤的水汪汪的眼睛。
我们在听你画笔的韵脚和拖鞋。还有那草地的
你在上面看到了苔藓，以及混杂的苔藓下面的
东西。在黝黑、绿色的入口，一只白色的山
　　猫在搔痒。

天空会堵塞住自己，发出咯咯的响声吗？你
　　在哪里栖息？
在雪崩中，还是在地球上？我在此狼吞虎咽，
　　狼吞虎咽
吃得肚子不断膨胀，以免在高空被云撕裂

粉色的，蓝色的和紫罗兰色的，那些花

就像提尔坡罗，空气在他身后自我净化，

在光洪水般汹涌并碾压我们之前。

托马斯·萨拉蒙 (1941—2014)

　　斯洛文尼亚诗人，被公认为中东欧诗歌的代表人物。他是个艺术幻想家，又是个语言实验者。他注重诗歌艺术，但又时刻没有偏离生活现实。在诗歌王国中，他豪放不羁，傲慢无礼，鄙视一切成规，沉浸于实验和创新，同时也没忘记社会担当和道德义务。出版过《蓝塔》等几十部诗集。

今天,我们告别

[罗马尼亚] 斯特凡·奥古斯丁·杜伊纳西 / 高兴 译

今天,我们不再歌唱,不再微笑。

今天,站在中了邪的季节的开端,

我们分别

就像水离开陆地。

静默中,一切是那么的自然。

我们各自都说:原本就该如此——

路旁,蓝色的影子

为那些我们思想过的真理作证。

用不了多久,你会变成大海的蔚蓝,

而我将是带着所有罪孽的土地。

白色的鸟会到天边把你找寻,

嗉囊里装满了芬芳和干粮。

人们会觉得我们是冤家。

我们之间,世界巍然不动,

犹如一座百年的森林,

里面全是皮毛上长着花纹的野兽。

谁也不知道我们是如此的贴近。

夜晚降临时,我的灵魂,

恰似水塑造的岸,

会化为你的被遗忘的身影——

今天,我们没有亲吻,没有祝福。

今天,站在中了邪的季节的开端,

我们告别

就像水离开陆地。

用不了多久,你会变成折射的天空,

而我将是黑色的太阳,土地。

用不了多久,风会吹起。

用不了多久,风会吹起……

斯特凡·奥古斯丁·杜伊纳西 (1922—2002)

原名斯特凡·波帕,罗马尼亚诗人。1939年开始诗歌创作。由于政治原因,曾在文坛沉寂十余年。1964年以后,相继出版了《潮汛》《持罗盘者》《一首诗的内部》等几十部诗集。深厚的文化功底和宽广的诗歌视野使得他的诗精致、优雅、厚重,异常动人。他还曾长期致力于罗马尼亚民谣体诗歌的革新,力求为民谣体诗歌注入新的活力。

采梅子

[加拿大] 欧文·莱顿 / 倪志娟 译

我的妻子在安静而潮湿的荆豆丛中沉默地走动,

此时深绿色的叶子充满隐喻,

此时每棵蓝莓的微型灯笼被点亮。

白色的雨的钉子正在落下,太阳自由了。

她是否对着每丛梅子弯腰或者站起身,

在叶子间寻找孩子们的笑声,

她安静的手仿佛使安静的夏天更寂静——

对梅子或孩子们,她都充满了耐心。

我只会干扰并让她恼怒;生气,愤怒,

在书中也许会讨人喜欢;

整日的沉默和阴郁甚至

让人迷恋,如同节制或经典的法则。

因此我嫉妒被她放进嘴中的梅子。

嫉妒那染红她嘴唇的鲜红而稠密的梅汁；

我从未给她那样的美味，它们更不会

用无数粗野的玩笑惹她生气。

它们轻松地躺着，等待她的手去采摘，

这是属于她的未被损害的世界；

在这里，她站着，凝望，超越了复杂性，

倾斜她美丽的头颅仿佛在等待回答。

我孩子气的霸道不再欺骗从容的灵魂，

也不再欺骗更朴素的灵魂，对这个灵魂而言对永

  远是对；

不，此刻她的声音从远处传来，

虽然她的嘴唇比覆盆子更红。

欧文·莱顿 (1912—2006)

出生于罗马尼亚，父母为犹太人，1913 年全家移居加拿大蒙特利尔，在充满种族歧视的氛围中长大，性格奔放不羁。曾被韩国和意大利提名为诺贝尔文学奖的候选人。以诗集《献给太阳的红地毯》(1959) 获加拿大总督奖。

你和我看见鹰交换猎物

[美] 詹姆斯·赖特 / 倪志娟 译

它们干着罪恶的勾当,
在它们自己的光中。

突然,他在风中
拉出一只灰鼠的内脏。

死去的小苍蝇曾绝望地
活在他的喙中。

他冷漠的骄傲,绝望。
她所接受的却是生命。

他们受到惊吓。他们彼此爱抚。
命运多舛。

她悲伤地飞走了。

带着悲伤,她独自离去了。

她小小的猎鹰,死了。
再也不会飞起。

比她更小的他死去了,
爪子交叠在
松针和倾斜的大树枝下,

而她,这对生死永隔的情侣中
爱得更深的她,
悲伤地飞走了,

和我对你的爱一样崇高,

几乎更孤独。

在愉悦中兴奋起来,
我爱你,在空中,
我爱我自己,在大地。

伟大的翅膀歌唱着虚无，

轻轻地，轻轻地落下。

詹姆斯·赖特 (1927—1980)

美国"深度意象"派诗人之一，出生于俄亥俄州马丁斯渡口，1972年获普利策诗歌奖，先后出版了诗集《绿墙》(1957)、《树枝不会折断》(1963)、《我们是否在河边聚集》(1968)、《诗合集》(1971)、《两个公民》(1973)、《这个旅程》(1982)等。

嘶嘶声，残忍地继续

[美]大卫·圣·约翰 / 倪志娟 译

曾有一个

麦克风被藏在

床下，

当然，在那时以及多年以来

我并不知道

它的存在

直到有一天，一个标准的

土黄色书邮件

寄来，里面

是一盒污迹斑斑的

老式磁带

黑色的记号笔简单地写着

"他 \ 我 \1975 年 9 月"

当我倾听的时候,我明白

穿越岁月与孤独

我被索求的是什么

对此我的回应仍然只是

我那时既已选定的

几乎难以听闻的沉默

大卫·圣·约翰 (1949—)

出生于加州的弗雷斯诺城,先后就读于加州州立大学和爱荷华大学,现任教于南加州大学,赢得了多项重要的诗歌奖。出版了九本诗集,包括《研究世界的身体:新诗选》(1994)、《没有天堂》(1985)、《肃静》(1976)、《面孔:诗体短篇小说》(2004) 等。

灰色的画像

[美] 威廉·卡洛斯·威廉斯 / 傅浩 译

难道永远不可能

把你与你的灰色分开吗?

你一定总是要向后沉入

你那灰褐色的风景中——树木

总是在远处,总是背衬着

一片灰色的天空吗?

我一定总是要

与你背道而驰吗?难道就没有地方

容我们可以和平相处

我们彼此分离的运动

可以彻底解决吗?

我看见自己

正站在你肩膀上触摸着

一片灰色、残破的天空——

---

* 诗人表示此诗是关于其妻的:"较长的诗行以给予平静的沉思效果。遗憾的是我们不为同样的事物兴奋。"(约翰·C.瑟尔沃尔的笔记)。在这一时期的诗中,"灰色"似乎特别与弗洛伦丝·威廉斯有关。

可是你,在我的重压下,
却紧攥着我的脚踝——吃力地
继续前行,
在平坦而不被色彩打扰的地方。

野胡萝卜花

[美]威廉·卡洛斯·威廉斯 / 傅浩 译

她的身体不像银莲花瓣

那么白,那么滑——也不是

那么遥不可及。那是一片

野地,野胡萝卜

强占的野地;杂草

无法遮掩。

毫无疑问的白,

尽可能地白,每一朵花

中心有一颗痦子。

每一朵花是一巴掌大的

白。他的手

落在哪里,哪里就有

一点小小的紫斑。在他

触摸下,每一部分都绽放;

她浑身的纤维

逐一立起,根根挺拔,

直到整片野地变成一股

白色欲望,空旷;一根茎,

一簇花,一朵挨一朵;

一份对已逝白色的虔诚希冀——

或空无。

特此说明

[美]威廉·卡洛斯·威廉斯 / 傅浩 译

我吃掉了

放在

冰箱里的

李子

那可能

是你

省下来

当早点的

请原谅

它们很好吃

那么甜

又那么冰。

恭维

[美]威廉·卡洛斯·威廉斯/傅浩 译

（给弗·威）

你告诉我我爱我自己
胜过任何别的事物。

可要不是为你我应当
如何诠释呢，你赋予
意义，采自其自身
多得就像在你的魔咒
之下的草。你从我
自己这儿偷走我，以千种
形式前来，充满
气味和色彩，构成
你自己多样的季节。

致弗洛茜*

[美] 威廉·卡洛斯·威廉斯 / 傅浩 译

她给我看

一束园栽玫瑰

她正用冰

冷藏着

以备约请

朋友

后天

来吃晚饭用

是不是很美

你闻不到

香味儿

因为它们太冷了

---

* 此诗最初发表于《芝加哥评论》1956—1957 年冬季号。

它们包在

蜡纸里

不就是为了那

美好的时刻

威廉·卡洛斯·威廉斯 (1883—1963)

美国诗人,最初与庞德的意象主义运动有关,后来自成一派,发展成融形式与意义为一体的客观主义,认为"事物之外别无观念"。著有诗集多种、长诗一部、评论集一部、自传一部、长、短篇小说若干。被公认为惠特曼以后最有影响的真正具有美国本土风格的诗人。

婚了

[美] 杰克·吉尔伯特 / 欧阳昱 译

我从葬礼回来,爬

遍寓所,痛哭流涕,

寻找妻子的头发。

两个月里,我从排水管,

从吸尘器,从冰箱底下,

从衣橱的衣服里把头发找出。

但是,别的日本女人来过之后,

就没法搞清楚,哪些头发是她的,

后来就不找了。

一年后,

我把美智子的黄油果重新移栽时,发现

土里纠结着一根长长的黑发。

杰克·吉尔伯特 (1925—2012)

美国诗人。1962年出版第一部诗集《危险视角》,获得耶鲁青年诗人奖,并获得各方好评。正当他声名鹊起之时,突然告别美国诗歌界,并离开美国,前往欧洲各国开始漂泊般的生活,虽继续投稿发表,但二十多年后才出版第二部诗集。吉尔伯特诗作不多,而且长期缺席,却在美国屡屡获奖。他的诗歌明朗、直接、单纯、自然,具有一种直抵人心的力量。2012年,他的《全集》入围普利策诗歌奖。

婚前诗

[美] 斯坦利·摩斯 / 傅浩 译

我部分是人,部分是鸥,部分是龟。

还剩下什么?我有过几个虚荣的季节,

四十年都在淤泥的湖里度过。

我在中央公园的蓄水池里浮游,

我的鸥眼、人身、龟嘴,撕开水面,

追猎着从不出现的鱼影。

我依靠一个大城市为了救急

而放进一只小碗里的东西过活。

我"呱呱",希望背上的壳

是一件乐器。

我已经三次被从泥里

捉出,往公寓楼

墙上掼摔,丢下等死了。

珍,在我床上你会发现羽毛

和龟壳碎片。当吞下黑暗,

我在你怀中做噩梦,睡眼

蒙眬时，就让我沉入

这人工湖的底部。

捕捞我吧。

斯坦利·摩斯（1925— ）

  犹太裔美国诗人。著有诗集《错误的天使》(1969)、《亚当的颅骨》(1979)、《云的消息》(1989)、《睡在花园里》(1997)、《颜色的历史》(2003)、《上帝让所有人心碎得不一样》(2011)、《没有眼泪是寻常物》(2013) 等。

鳄鱼新娘

[美] 唐·霍尔 / 贺金凌 译

我的日子之钟慢下来。

猫在窗外吃麻雀,

她曾经带来过一只小兔

我们一起狼吞虎咽,

而帝国桌下

那时有人尖叫

重新获得了金伞。

现在我的钟上胡子变白了。

我的猫盯着黑角落

思念起她的金伞。

她在与鳄鱼新娘

恋爱。

啊,多精致、好看的

白牙齿!新娘,支撑在她

白花边的尾上

她的眼孔

凝视着。她被戳开的嘴

在嘲笑部长与人们。

光赤的木材上

十四个土豆,

一打玉米穗子,

六瓶白酒,

一个甜瓜,

一只猫,

硬花球花椰菜

和鳄鱼新娘。

泡泡糖的色影,

凡士林的稠度,

恶臭之物自我左手掌

渗透出来。

我的猫舔着它。

我在看鳄鱼新娘。

巨大的房子如丑陋的砾石

把它们自己

紧紧粘在胶中。

我不能做白日梦。

天空是一支瞄准我的枪。

我扣着扳机。

我诺允的头颅

倚在一个黑壁橱上，口

张开到恰好

适合哑奶头的程度。

一只鸟在我

明胶覆盖起来的房子内

来回飞动，猫朝它跳去，

总是扑空。帝国桌下

鳄鱼新娘

卧在新娘罩纱里。

我的左手

漏在中国地毯上

金子

[美]唐·霍尔/贺金凌 译

灰白的墙的金子,雏菊

中心的金子,一只明净的碗下

压着的黄玫瑰。整天

我们躺在那张巨大的床上,我的手

摸着你大腿与背的

深部的金子。

我们睡或醒,

都一起走进金子的房间。

在里面躺下,

急促的呼吸,然后

再慢慢地,

抚摸着昏昏欲睡,现在你的手

困乏地触碰我的头发。

那些日子,我们在身体内部

造了小小的同样的房间,

一千年后,揭开我们坟墓的人

将会发现它的

依然闪光和完好。

唐纳德·霍尔 (1928—)

1928年出生的美国诗人。在美国中学里任教多年后,现在他祖父的农场里专事写作。霍尔的诗具有超现实色彩,部分被收入爱德华·B.杰曼所编《英美超现实主义诗选》(企鹅版)。霍尔在诗作中常能出人意料地把毫不相干的事物联系在一起,产生一种新奇的效果。他的诗集包括:《流放与婚姻》(1955)、《黑房子》(1958)、《一座虎百舍屋顶》(1963)、《鳄鱼新娘》(1969)、《黄屋子爱诗》(1971)等。另外他还编有《当代美国诗歌》等诗选集。

眼睛

[墨西哥] 豪·费·格拉纳多斯 / 赵振江 译

你的眼睛承载着我

从此直至死亡。

过失在我

我不该将它们观赏。

我觉得自己的生命

包容在你的眼睛球形的忧伤里,

它们似乎透过窗户的玻璃

一直注视着

一阵又一阵的降雨。

在那双眼睛里有一个

何等寂静的世界,我不知何处是尽头,

哪里是他们蕴藏着闪电的漆黑彼岸。

多么古老的星星

落入了你深深的眼睛,

何等正义或何等野蛮或何等秘密,

富裕了它们或许是天空不可驾驭的光明。

现在黑夜将是我巨大的房屋,

我要将你的眼睛融入我黑暗的眼睛。

有了它们,光明将是一个记忆,

亲切而且寂静。

我愿没有重量地栖息在你的眼睛里,

转瞬间捕获了一个模糊的形体,

沐浴着它们火热爱恋的记忆,

只是为了和你,和你在一起,

因为你的眼睛

是我最终的道理。

豪尔赫·费尔南德斯·格拉纳多斯 (1965—)

墨西哥诗人、小说家、散文家。主要诗集有《球体音乐》(1990)、《沉醉的天使》(1992)、《复活》(1995)、《水晶》、《灰烬的袈裟》(2000)和《模糊的初始》(2007)等。这首《眼睛》是他献给妻子的诗。

你是我唯一的连海洋也不换的河流

[委内瑞拉] 何·曼·布·格雷罗 / 赵振江 译

你是我唯一的连海洋也不换的河流。

你是我唯一的连宁静也不换的声音。

你是我唯一的胜过无限的有限。

你是我情愿不要神也要的唯一的人。

你是我情愿不要永恒也要的唯一的今生。

我爱你并非为了你的美貌,尽管没有它,我无
　　法将宇宙之美证明。

我爱你并非为了你我之间的快乐,尽管没有它,
　　活着如同死去。

我爱你并非为了我们之间说不完的柔情蜜语,

尽管没有它,我便看不到语言的含义。

我爱你并非因为对以往生活的记忆,

它们与现在的生活连在一起并将相逢的美好
　　培育,

尽管没有它们,我和你都将失去自己;我们谨记

忆的儿女。

我爱你,是为了你身上任何人都无法填充的空虚。

我爱你,是因为生存的痛苦穿透了你。

我爱你,是为了那徒劳的等待,那分离,那上帝的缺席,那无靠无依。

为了三月十七①,当看到那可怕的亲情,它将我们联系在一起。

---

① 这是诗人妻子的生日。

何塞·曼努埃尔·布里塞尼奥·格雷罗 (1929—2014)

委内瑞拉思想家、散文家和诗人。代表作有《三个牛头怪的迷宫》《拉丁美洲在世界》《语言的起源》《语言的可爱与恐怖》《何谓哲学》《萨奥赫的日记》《可怕的平原》等。

玛蒂尔德,一株植物……

[智利] 巴勃罗·聂鲁达 / 黄灿然 译

玛蒂尔德,一株植物或一块岩石或一种酒的
  名字;
在大地上形成和永存的事物的名字;
一个词,在它的生长中黎明第一次袒露,
在它的夏天里柠檬的光辉霎时照亮。

一些木船轻快地驶过这个名字,
火一般湛蓝的浪涛又把这些木船包围:
它的字母是一条河的流水,
而这条河的流水涌上我干旱的心。

啊,毫无遮蔽地置身于交错的藤蔓中的名字
像一扇门通往一条秘密隧道
直达这个世界的芬芳!

以你的热唇入侵我,用你的

黑夜般的眼睛审视我,如果你愿意,就让我像一条船划过你的名字,让我在那里停泊。

如果你的眼睛不是月亮的颜色

[智利] 巴勃罗·聂鲁达 / 黄灿然 译

如果你的眼睛不是月亮的颜色,

不是伴着黏土、伴着工作、伴着火的白天的

 颜色,

如果你不是在被束缚之时仍能像空气那样自如,

如果你不是一个琥珀的星期,

不是当秋天沿着葡萄藤

攀缘而上的那个发黄的时刻,

如果你不是把面粉洒遍太空的

带香味的月亮所搓揉的那个面包,

啊,我最亲爱的,我就不会这么爱你!

但是当我搂住你我也就搂住一切

 属于沙漠、时间和雨中之树的事物,

一切事物都生机勃勃所以我也能够生机勃勃:

不用走动我也能够看得清清楚楚:

在你的生命中我看到一切活着的事物。

我思念你的嘴巴……

[智利] 巴勃罗·聂鲁达 / 黄灿然 译

我思念你的嘴巴,你的声音,你的头发,

沉默而饥饿,在大街上踟蹰,

面包无法满足我,黎明不断分裂我,

我终日追寻你的步履的潺潺韵律。

我渴望一见你那狡猾的笑容,

你那双手,有着野性的丰收的颜色;

渴望一见那些苍白的石块——你的指甲,

我要吃掉你的肌肤像吃掉整个杏仁。

我要喝掉你姣好的肉体内阳光的耀斑,

你骄傲的脸上完美的鼻,

我要吃掉你的睫毛的飞逝的阴影;

我饥饿地徘徊,气喘吁吁地嗅着黄昏,

苦苦追寻你,追寻你那颗炽烈的心,

像一条美洲狮游荡在基特拉楚的荒野。

巴勃罗·聂鲁达 (1904—1973)

　　智利诗人。聂鲁达1923年发表第一部诗集《黄昏》，1924年发表成名作《二十首情诗和一支绝望的歌》，自此登上智利诗坛。他的诗歌既继承西班牙民族诗歌的传统，又接受了波德莱尔等法国现代派诗歌的影响；既吸收了智利民族诗歌的特点，又从惠特曼的创作中找到了自己最倾心的形式。主要作品还有《全体的歌》《大地上的居所》等。

月亮

——给玛丽亚·儿玉[*]

[阿根廷] 博尔赫斯 / 朱永良 译

在那片金黄[①]上有那么多的孤独。

夜晚的月亮已不是那个月亮

——那个亚当最早见到的。[②] 许多世纪

不眠的人们用古老的悲伤

充满了她。看吧。她是你的镜子。

---

[*] 玛丽亚·儿玉,博尔赫斯的妻子,日裔,曾访问中国。
[①] 指月亮。
[②] 据《圣经》,亚当是上帝最早创造的人类,被视为人类的始祖。"亚当最早见到的"自然也是人类最早见到的。

豪尔赫·路易斯·博尔赫斯 (1899—1986)

阿根廷作家、翻译家。出生于布宜诺斯艾利斯的书香门第之家,从小沉浸在西班牙文和英文的环境中。他的作品被广泛译介到欧美国家,反映了世界的混沌性和文学的非现实感。著名作品有短篇集《虚构集》《阿莱夫》等。

今晚和马拉的对话

[阿根廷] 胡安·赫尔曼 / 赵振江 译

话语的石砾

是单独的物体。

爱情之手来了

在桥上相互亲吻。

你在那里吗,前额的险情

经过却没有做梦?

每个影子俘获一个自己

影子的面孔。空中没有桅杆

这一天在那里

是怎样的暴怒令人窒息!

丢开你的恐惧,

推翻迷雾拙劣的机密。

亚麻桌布的愿望

此刻在黑暗中闪光。

外国女子
——致马拉

[阿根廷] 胡安·赫尔曼 / 赵振江 译

外国女子不知道

我的血液是她的家园,

她的鸟儿,只有

在那里,才能歌唱

并展开夏天的翅膀

站立起来,如同

不会熄灭的巨大的渴望。

燃烧的鸟儿看护着

损失的漏洞

如同无法挽救的珍藏。

它在那里歌唱,

迷恋光明,不放过魔王。

神仙的时刻

将脚聚集在一起

而征途沐浴着火光。